陳艷平、張新杰 主編

TOPIK 韓語測驗

初級單字

초급 단어

文字復興有限公司 印行

韓語發音表

基本母音	ㅏ	ㅑ	ㅓ	ㅕ	ㅗ
羅馬拼音	【a】	【ya】	【eo】	【yeo】	【o】

基本母音	ㅛ	ㅜ	ㅠ	ㅡ	ㅣ
羅馬拼音	【yo】	【u】	【yu】	【eu】	【i】

複合母音	ㅐ	ㅒ	ㅔ	ㅖ	ㅘ	ㅙ
羅馬拼音	【ae】	【yae】	【e】	【ye】	【wa】	【wae】

複合母音	ㅚ	ㅝ	ㅞ	ㅟ	ㅢ
羅馬拼音	【oe】	【wo】	【we】	【wi】	【ui】

基本子音	ㄱ	ㄴ	ㄷ	ㄹ	ㅁ	ㅂ	ㅅ
羅馬拼音	【k、g】	【n】	【t、d】	【l、r】	【m】	【p、b】	【s】

基本子音	ㅇ	ㅈ	ㅊ	ㅋ	ㅌ	ㅍ	ㅎ
羅馬拼音	【ng】	【j】	【ch'】	【k'】	【t'】	【p'】	【h】

濁音	ㄲ	ㄸ	ㅃ	ㅆ	ㅉ
羅馬拼音	【kk】	【tt】	【pp】	【ss】	【jj】

韓語發音表

子音＼母音	ㅏ【a】	ㅑ【ya】	ㅓ【eo】	ㅕ【yeo】	ㅗ【o】	ㅛ【yo】	ㅜ【u】	ㅠ【yu】	ㅡ【eu】	ㅣ【i】
ㄱ【k／g】	가【ka】	갸【kya】	거【keo】	겨【kyeo】	고【ko】	교【kyo】	구【ku】	규【kyu】	그【keu】	기【ki】
ㄴ【n】	나【na】	냐【nya】	너【neo】	녀【nyeo】	노【no】	뇨【nyo】	누【nu】	뉴【nyu】	느【neu】	니【ni】
ㄷ【t／d】	다【ta】	댜【tya】	더【teo】	뎌【tyeo】	도【to】	됴【tyo】	두【tu】	듀【tyu】	드【teu】	디【ti】
ㄹ【r／l】	라【ra】	랴【rya】	러【reo】	려【ryeo】	로【ro】	료【ryo】	루【ru】	류【ryu】	르【reu】	리【ri】
ㅁ【m】	마【ma】	먀【mya】	머【meo】	며【myeo】	모【mo】	묘【myo】	무【mu】	뮤【myu】	므【meu】	미【mi】
ㅂ【p／b】	바【pa】	뱌【pya】	버【peo】	벼【pyeo】	보【po】	뵤【pyo】	부【pu】	뷰【pyu】	브【peu】	비【pi】
ㅅ【s】	사【sa】	샤【sya】	서【seo】	셔【syeo】	소【so】	쇼【syo】	수【su】	슈【syu】	스【seu】	시【si】
ㅇ（不發音）	아【a】	야【ya】	어【eo】	여【yeo】	오【o】	요【yo】	우【u】	유【yu】	으【eu】	이【i】
ㅈ【j】	자【ja】	쟈【jya】	저【jeo】	져【jyeo】	조【jo】	죠【jyo】	주【ju】	쥬【jyu】	즈【jeu】	지【ji】
ㅊ【ch】	차【cha】	챠【chya】	처【cheo】	쳐【chyeo】	초【cho】	쵸【chyo】	추【chu】	츄【chyu】	츠【cheu】	치【chi】
ㅋ【k】	카【ka】	캬【kya】	커【keo】	켜【kyeo】	코【ko】	쿄【kyo】	쿠【ku】	큐【kyu】	크【keu】	키【ki】
ㅌ【t】	타【ta】	탸【tya】	터【teo】	텨【tyeo】	토【to】	툐【tyo】	투【tu】	튜【tyu】	트【teu】	티【ti】
ㅍ【p】	파【pa】	퍄【pya】	퍼【peo】	펴【pyeo】	포【po】	표【pyo】	푸【pu】	퓨【pyu】	프【peu】	피【pi】
ㅎ【h】	하【ha】	햐【hya】	허【heo】	혀【hyeo】	호【ho】	효【hyo】	후【hu】	휴【hyu】	흐【heu】	히【hi】

目錄

目錄

► 가게 名 店鋪，貨攤

衍生片語 ~를 열다（開始營業，開店），~를 내다（開店）

常用例句 가게 문이 벌써 닫혀 있었다.
店鋪的門已經關了。
모아 놓은 돈으로 가게를 하나 냈다.
用存的錢開了間商店。

相關詞彙 상점（商店）

► 가깝다 [-따] 形 ①近 ②接近 ③親近

衍生片語 가까운 데（近處），집안끼리 ~（各家走得很近）

常用例句 우리 집은 학교에서 가깝다.
我家離學校很近。
은행에서 가까운 곳에서 만나기로 하자.
在離銀行近一點的地方見面吧。

相關詞彙 근접하다（臨近）

► 가끔 副 常常，時常，不時地，有時候

衍生片語 ~ 오다（偶爾來），~가끔（不時地）

常用例句 김 선생은 요즘도 가끔 술을 마신다.
金先生最近偶爾也會喝喝酒。
나는 가끔 운동하러 운동장에 간다.
我偶爾會去操場運動。

相關詞彙 드문드문（有時候）

► 가다 動 ①走，去 ②（時間）過去 ③食物走味

衍生片語 군대에 ~（從軍），소풍을 ~（去郊遊）

常用例句 봄이 가고 여름이 온다.
春天過去，夏天要來了。
가는 말이 고와야 오는 말이 곱다.
說的話好聽，別人才會說好話給你聽。（禮尚往來）

相關詞彙 움직이다（移動）

► 가다 補 表示進行

衍生片語 살아~（活下去），시들어~（頹敗下去）

常用例句 하는 일은 잘 돼 가나?
做的事情進展的順利嗎？
좀 쉬어가며 일해라.
休息一會兒再做吧。

相關詞彙 오다（表示進行）

► 가르치다 補 教，指導

衍生片語 학생을 ～（教學生），선생님의 가르침（老師的教導）

常用例句 그는 그녀에게 운전을 가르쳤다.
他教她駕駛。
선생님께서는 우리에게 정직하게 살라고 가르치셨다.
老師教導我們要活得正直。

相關詞彙 지도하다（指導）

► 가방 名 包包

衍生片語 책 ～（書包），여행 ～（旅行包）

常用例句 가방을 메고 학교에 간다.
背著包包去學校。
책상 위에 가방이 있다.
書桌上有個包包。

相關詞彙 핸드백（手提包）

► 가볍다 [-따] 形 輕，輕便

衍生片語 가벼운 짐（輕便的行李），입이 ～（嘴快）

常用例句 기름은 물보다 가볍다.
油比水輕。
이번에 우리가 맡은 일은 결코 가벼운 일이 아님을 명심해라.
記住，這次我們負責的絕不是輕鬆的工作。

相關詞彙 무겁다（重）

► 가수(歌手) 名 歌手

衍生片語 유명한 ～（有名的歌手），대중～（通俗歌手）

常用例句 유명한 가수가 출연한다.
有名的歌手演出。
가수 이수영 알아?

知道歌手李秀英嗎？

相關詞彙 인기스타（一線明星），연예인（藝人）

가슴 名 ①胸，胸膛 ②心

衍生片語 ～을 불태우다（心急如焚），～에 새기다（銘記在心）

常用例句 아버지는 아이를 가슴에 꼭 안았다.
爸爸把孩子緊緊抱在懷裡。
그는 따뜻한 가슴을 가진 사람이다.
他是一個熱心的人。

相關詞彙 흉부（胸部），마음（心）

가야금 名 伽倻琴

衍生片語 ～을 뜯다（彈伽倻琴），～을 타다（彈伽倻琴）

常用例句 가야금은 한국의 전통 악기이다.
伽倻琴是韓國的傳統樂器。

相關詞彙 장고（長鼓）

가운데 名 ①中間 ②當中

衍生片語 한 ～（正中間），～ 손가락（中指）

常用例句 강 가운데 배가 떠 있다.
河中漂著一艘船。
바쁘신 가운데 와 주셔서 고맙습니다.
感謝您百忙中光臨。

相關詞彙 중간（中間）

가을 名 秋天

衍生片語 ～걷이（秋收），～바람（秋風）

常用例句 늦은 가을이 되면 나뭇잎이 떨어진다.
到了深秋樹葉就掉落了。
어느새 여름이 가고 가을이 왔는지 서늘한 바람이 불었다.
不知不覺間夏去秋來，吹起陣陣涼爽的風。

相關詞彙 낙엽（落葉），수확（收穫）

► 가장 副 最

衍生片語 ～ 높은 산（最高的山），～ 빨리（最快）

常用例句 그 아이가 우리 반에서 뛰기가 가장 빠르다.
那個孩子是我們班上跑得最快的。
할아버지께서는 형을 가장 사랑하셨다.
爺爺最疼愛哥哥。

相關詞彙 제일（第一）

► 가져오다 動 拿來，帶來

衍生片語 좋은 결과를 ～（帶來好結果），책을 ～（把書帶來）

常用例句 만화책을 학교에 가져왔다.
把漫畫帶來學校了。
저 의자를 이쪽으로 가져오너라.
把那把椅子拿到這邊來。

相關詞彙 가지고 오다（帶來），가져가다（帶去，拿去）

► 가족(家族) 名 ①家屬，家眷 ②家庭

衍生片語 ～계획（計劃生育）

常用例句 잃어버렸던 아이가 열흘 만에 가족 품으로 돌아왔다.
丟失的孩子十天後回到了家人的懷抱。
전시회에 가족 단위의 관람객들이 줄을 잇고 있다.
展覽會上以家庭爲單位的觀眾絡繹不絕。

相關詞彙 가정（家庭）

► 가지 名 ①樹枝 ②種類

衍生片語 ～를 꺾다（折樹枝），두 ～ 방법（兩種方法）

常用例句 가지 많은 나무에 바람 잘 날이 없다.
多枝的樹風不止。（比喻子女多沒有安寧的日子。）
그 예를 몇 가지 들어 보면 다음과 같다.
舉出如下的幾個例子。

相關詞彙 줄기（莖），나뭇잎（樹枝）

► 가지다 補 表示持續

衍生片語 도시락을 싸 가지고 가다（帶著便當去）

常用例句 서점에서 책을 사 가지고 왔다.
在書店買完書帶過來了。
그렇게 놀아 가지고 시험에 붙겠니?
一直那樣玩，考試能及格嗎？

相關詞彙 대다（表示動作反覆）

가지다 動 ①拿，帶 ②具有，有 ③懷孕

衍生片語 항상 사진을 ～고 다니다（一直把照片帶在身邊），야심을 ～（有野心）

常用例句 동생이 공을 가지고 학교에 갔다.
弟弟帶著球去學校了。
돈은 얼마나 가졌니?
帶了多少錢？

相關詞彙 지니다（擁有），있다（有，在）

간호사 (看護師) [가노사] 名 護士

衍生片語 외과～（外科護士），종합병원～（綜合醫院護士）

常用例句 그 병원의 간호사가 정말 예쁘더라.
那個醫院的護士真漂亮。
우리 언니가 간호사이다.
我姐姐是護士。

相關詞彙 의사（醫生），병원（醫院），환자（患者）

갈비 名 肋骨（肋條），排骨

衍生片語 ～대（肋骨），～탕（牛骨湯）

常用例句 나는 돼지갈비를 좋아한다.
我喜歡吃豬排。

相關詞彙 갈비뼈（肋骨）

감기(感氣) 名 感冒

衍生片語 ～에 걸리다（感冒），～를 예방하다（預防感冒）

常用例句 감기 걸리지 않도록 조심하세요.
注意別感冒了。
감기에 걸려 열이 좀 있다.
感冒發燒。

相關詞彙 고뿔（感冒），독감（重感冒），몸살（渾身難受），조류독감（禽流感）

감사(感謝) 名 感謝

衍生片語 ～편지（感謝信），～를 드리다（致謝），～의 뜻（謝意），～의 마음（感謝的心情），～의 눈물（感激的淚水）

常用例句 감사를 드립니다.
謝謝。
베풀어 주신 은혜에 어떻게 감사를 표시해야 할지요?
該如何感謝您對我的大恩啊！

相關詞彙 사의（謝意）

감사하다(感謝-) 動 謝謝

衍生片語 진심으로 ～（誠摯感謝），감사한 말씀（感謝的語言）

常用例句 감사합니다.
謝謝。
바쁘신데 와 주셔서 감사합니다.
感謝您在百忙之中光臨。

相關詞彙 고마워하다（謝謝）

갑자기 [-짜-] 副 忽然，突然

衍生片語 ～ 화났다（突然發火），～ 울기 시작하다（突然哭起來）

常用例句 갑자기 날씨가 추워진다.
天氣突然冷起來了。
갑자기 소나기가 쏟아지기 시작했다.
突然開始下起了陣雨。

相關詞彙 갑자스럽게（突然），돌연（突然）

값 [갑] 名 ①價格，價錢 ②價值

衍生片語 ～(을)부르다（喊價），～(을)정하다（定價）

常用例句 최근 몇년 사이 달러 값이 상대적으로 하락했다.
近幾年美元相對貶值了。
건강은 값으로 따질 수 없는 보배이다.
健康是無價之寶。

相關詞彙 값어치（價值），가치（價值）

► 강(江) 名 江，河

衍生片語 ～을 건너다（過河），～을 따라 내려가다（沿河而下）

常用例句 강은 동쪽으로 흘러 바다로 들어간다.
大江向東流入海。
내 고향은 마을 앞으로 큰 강이 흐른다.
在我的家鄉，村前流淌著一條大河。

相關詞彙 강물（江水），바다（大海），낙동강（洛東江）

► 같다 [갇따] 形 ①一樣 ②相同，同一 ③彷彿，好像

衍生片語 똑～（一模一樣），……와(과)～（和……一樣）

常用例句 나는 그와 키가 같다.
我和他一樣高。
나는 그와 같은 동네에 산다.
我和他住同一個社區。

相關詞彙 일치하다（一致），동일하다（一致）

► 같이 [가치] 副 一起，一塊兒

衍生片語 ～ 가다（一起去），～ 우물 파고 혼자 먹는다（一起挖井卻獨自喝水；比喻獨佔大家的功勞）

常用例句 같이 놀러 가자!
一起去玩吧！

相關詞彙 함께（一起）

► 개 名 ①狗，犬 ②走狗

衍生片語 사냥～（獵犬），들～（野狗）

常用例句 그런 것은 개도 안 먹는다.
那種東西連狗都不吃。
나는 개보다 고양이를 더 좋아한다.
比起狗，我更喜歡貓。

相關詞彙 견（犬）

► 개(個) 名 個，塊（量詞）

衍生片語 복숭아 한 ～（一個桃子），책상 세 ～（三張桌子）

常用例句 비누 두 개 주세요!
給我兩塊香皂!
사과 한 개에 얼마예요?
一個蘋果多少錢?

相關詞彙 하나(一),한 개(一個)

► 개월(個月) 名 個月(量詞)

衍生片語 일~(一個月),육~(六個月)

常用例句 일년에 십이 개월이 있다.
一年有十二個月。
우리는 이 개월만에 만나게 되었다.
我們相隔兩個月才見到面。

相關詞彙 달(個月)

► 거기 名 那裡

衍生片語 ~에 가다(去那裡)

常用例句 네가 친구를 만났다는 거기가 어디냐?
你與朋友見面的那個地方是哪裡啊?
우리 남산 갈까? 아니야 거긴 시내가 가까워서 싫어.
我們去南山好嗎?不要,那裡離市區太近,我不想去。

相關詞彙 저기(那裡)

► 거리 名 ①街道,大街 ②距離 ③材料

衍生片語 ~의 소문(街頭傳聞),~를 헤매다(徘徊於街頭),~가 멀다(距離遠)

常用例句 늦은 밤이라 거리에는 행인들의 왕래가 뜸했다.
因為是深夜,街上來往的行人很稀少。
제주도에 볼거리가 많다.
濟州島有許多景觀。

相關詞彙 길거리(街道),볼거리(景觀)

► 거울 名 ①鏡子 ②榜樣 ③借鏡

衍生片語 ~을 보다(照鏡子),손~(手鏡)

常用例句 눈은 마음의 거울이다.

眼睛是靈魂之窗。
거울을 보고 머리를 손질한다.
照著鏡子梳頭。

相關詞彙 본보기（榜樣），유리창（玻璃窗）

걱정 [-쩡] 名 擔心，憂心

衍生片語 나라 ～（憂國），쓸데없는 ～（杞人憂天）

常用例句 그는 학비 때문에 걱정이 많다.
他很擔心學費。
졸업을 해도 취직자리가 없으니 걱정이다.
畢業了也沒有工作，讓人很擔心。

相關詞彙 근심（擔心），염려（憂慮）

걱정하다 [-쩡-] 動 擔心

衍生片語 건강을 ～（擔心健康）

常用例句 걱정해 주셔서 고맙습니다.
謝謝您為我擔心。
우리는 지금 끼니를 심각하게 걱정해야 할 처지에 놓여 있다.
我們現在已經到了連一日三餐都要擔心的地步了。

相關詞彙 속태우다（擔心），애태우다（擔心）

건강(健康) 名 健康

衍生片語 ～상태（健康狀況），～식품（健康食品）

常用例句 건강 검진은 주기적으로 하는 것이 좋다
最好定期做體檢。
수험생들의 건강 관리를 어떻게 하면 좋을까요?
如何保障考生的健康呢？

相關詞彙 질병（疾病）

건강하다(健康-) 動 健康

衍生片語 건강한 몸（健康的身體）

常用例句 사고 방식이 건강하다.
思想很健康。
그는 젊고 건강해서 피로가 금방 사라졌다.

他既年輕又健康，所以疲勞很快就消除了。

相關詞彙 튼튼하다（結實）

► 건너 名 對面

衍生片語 강 ~ 불 보듯（隔岸觀火），~집（對門）

常用例句 길 건너에 가게가 있다.
路對面有個商店。
자신의 가게 앞에서 건너 상점의 주인과 싸웠다.
在自己的店門口與對面的店主吵架。

相關詞彙 건너편（對面），맞은편（對面）

► 건너다 動 過，越過

衍生片語 강을 ~（過河），다리를 ~（過橋）

常用例句 차도를 함부로 건너서는 안 된다.
不能隨便穿越車道。
건널목을 건널 때는 주위를 잘 살펴보아야 한다.
過馬路時要好好看看周圍。

相關詞彙 넘어가다（過），지나다（過）

► 걸리다 動 ①掛著，掛上 ②卡住

衍生片語 가시가 목에 ~（刺卡在喉嚨裡），마수에 ~（遭毒手）

常用例句 옷걸이에 많은 옷이 걸려 있다.
衣架上掛了很多衣服。
방에서 뛰어 나가다가 의자에 걸렸다.
從屋子裡往外跑的時候，被椅子絆了一下。

相關詞彙 매달려 있다（掛著）

► 걸리다 動 得（病）

衍生片語 감기에 ~（得了感冒），맹장염에 ~（得盲腸炎）

常用例句 부주의로 감기에 걸렸다.
不小心感冒了。
감기에 걸리지 않도록 옷을 많이 입으세요!
多穿衣服，別感冒了。

相關詞彙 병나다（生病）

건물(建物) 名 建築物

衍生片語 ～을 짓다（建房屋），～을 철거하다（拆除建築）

常用例句 그 사무실은 이 건물의 2층에 있었다.
那間辦公室在這棟樓的2樓。
그는 아파트 건물 앞에서 자기 집을 올려다 보았다.
他在公寓前抬頭看了看自己家。

相關詞彙 건축물（建築物），빌딩（大樓）

걷다 [-따] 動 走（路）

衍生片語 길을 ～（走路），비틀비틀 ～（走路東倒西歪）

常用例句 자동차가 고장나서 걸어서 왔어요.
因爲車子故障，所以走路來的。
그는 걷는 게 불편하다.
他走路不方便。

相關詞彙 보행하다（步行），횡단보도（行人穿越道）

걸다 動 ①掛　②鎖，閂　③挽　④戴

衍生片語 옷을 거는 줄（掛衣服的繩子），목숨을 ～（拼命）

常用例句 달이 나뭇가지 끝에 걸려 있다.
月上柳梢頭。
옷걸이에 옷을 걸었다.
把衣服掛在衣架上。

相關詞彙 걸어놓다（掛起）

걸어가다 [거러-] 動 走過去

衍生片語 학교에 ～（步行去學校）

常用例句 그는 어둠 속을 걸어갔다.
他朝黑暗中走去。
앞으로는 건강을 위해서 회사에 걸어갈 작정이다.
爲了健康，我決定以後走路去公司。

相關詞彙 걸어오다（走著來）

걸어오다 [거러-] 動 走過來

衍生片語 집으로 ～（走回家），가까이 ～（走近）

常用例句 아내는 곧장 걸어오지 않았다.
妻子沒有立即走過來。
그 먼 길을 걸어왔다니, 놀랄 일이군.
那麼遠的路居然是走路來的，太讓人驚訝了。

相關詞彙 걸어가다（走過去）

검은색(-色)[거믄-] 名 黑色

衍生片語 ～ 승용차（黑色轎車），～ 구두（黑皮鞋）

常用例句 그녀는 검은 색 옷을 좋아한다.
她喜歡黑色衣服。
나는 검은 색 구두를 신고 있었다.
我穿著黑色皮鞋。

相關詞彙 까만색（黑色）

것 [걷] 名 表示事物

衍生片語 먹을 ～（吃的），표준에 부합되는 ～（達到標準的）

常用例句 이것은 누구의 것이죠?
這是誰的？
이렇게 하는 것이 더 좋다.
這樣做更好。

相關詞彙 물건（東西）

게임 (game) 名 遊戲

衍生片語 축구 ～（足球比賽），온라인 게임（網路遊戲）

常用例句 이번 게임은 청 팀이 이겼다.
這場遊戲藍隊贏了。
여럿이 모여서 재미있는 게임을 즐겼다.
幾個人聚在一起津津有味地玩一個有趣的遊戲。

相關詞彙 놀이（遊戲），게임기（遊戲機）

겨울 名 冬天

衍生片語 ～을 나다（過冬），～옷（冬衣）

常用例句 겨울이 왔다.
冬天來了。
겨울이 지나지 않고 봄이 오랴？

冬天未過，春天會來嗎？

相關詞彙 동절（冬季），눈（雪）

결혼(結婚)[겨론] 名 結婚

衍生片語 ～기념일（結婚紀念日），～ 사진（結婚照）

常用例句 그 어머니는 딸들을 모두 결혼시켰다.
那個母親把女兒們都嫁出去了。
그는 평생을 결혼(을) 하지 않았다.
他一生未婚。

相關詞彙 혼인（婚姻），인연（緣份）

결혼식(結婚式)[겨론식] 名 結婚典禮

衍生片語 합동～（集團婚禮），～에 참석하다（參加婚禮）

常用例句 내일은 수희 언니의 결혼식이다.
明天是秀姬姐姐的婚禮。
나는 이번 국경절에 오빠의 결혼식에 참석했다.
這個國慶日我參加了哥哥的婚禮。

相關詞彙 혼례식（婚禮儀式），예식장（禮堂），축의금（禮金）

결혼하다(結婚-) 名 結婚

衍生片語 ……과 ～（和……結婚）

常用例句 그는 동갑내기와 결혼했다.
他和一個同齡的女孩結婚了。
그들은 대학을 졸업하자마자 결혼했다.
他們大學一畢業就結婚了。

相關詞彙 혼인하다（結婚）

경복궁(景福宮)[-꿍] 名 景福宮

衍生片語 ～타령（景福宮打令〈民謠〉），～나들이（參觀景福宮）

常用例句 나는 어렸을 때 경복궁 근처에서 살았다.
我小時候住在景福宮附近。
나는 경복궁에 한번 가 보고 싶다.
我想去景福宮看一看。

相關詞彙 창덕궁（昌德宮），덕수궁（德壽宮）

경주(慶州) 名 慶州

衍生片語 ～ 불국사（慶州佛國寺），～ 석굴암（慶州石窟庵）

常用例句 경주 돌이면 다 옥석인가?
只要是慶州的石頭就都是玉嗎？（比喻不能被表面所迷惑，要看事物的本質。）
경주라면 불국사가 생각난다.
說到慶州，就會想到佛國寺。

相關詞彙 무형문화재（非物質文化遺產），박물관（博物館）

경찰(警察) 名 警察

衍生片語 ～학교（警校），～서장（警察局長）

常用例句 경찰이 범인을 검거했다.
警察逮捕了犯人。
그는 경찰의 감시를 받고 있다.
他正在被警察監視著。

相關詞彙 경찰서（警察局），범인（犯人），용의자（嫌疑犯）

경찰관(警察官) 名 警官

衍生片語 단속 ～（負責取締的警察），사법～（司法警察）

常用例句 그녀는 경찰관하고 결혼했다.
她和警察結婚了。
그는 경찰관으로 임용되었다.
他成爲了警察。

相關詞彙 순경（巡警）

경찰서(警察署) 名 警察局

衍生片語 ～ 서장（警察局局長）

常用例句 경찰서에 불려 가서 조사를 받았다.
他被叫到警察局接受調查。
다른 사람과 싸움을 하다가 경찰서 신세를 졌다.
他和別人打架，進了警察局。

相關詞彙 파출소（派出所）

경치(景致) 名 風景，景色

衍生片語 ～가 좋다（風景好），시골～（鄉村風景）

常用例句 한국은 가을이 되면 경치가 매우 아름답다.
韓國一到秋天景色很美。
이곳은 경치가 가장 좋은 곳으로 손꼽힌다.
這個地方以風景優美聞名遐邇。

相關詞彙 경관（景觀），풍경（風景）

계란(鷄卵)[게-] 名 雞蛋

衍生片語 ～찜（雞蛋糕），～탕（雞蛋湯）

常用例句 계란에도 뼈가 있다.
雞蛋裡面也有骨頭。
계란으로 바위 치기.
雞蛋碰石頭。（比喻毫無勝算的魯莽行爲。）

相關詞彙 달걀（雞蛋）

계속(繼續)[게-] 名 副 繼續，連續

衍生片語 ～하다（繼續做）

常用例句 오늘 강의는 지난 강의의 계속이다.
今天的課是上次課程的延續。
인구가 계속 감소되는 추세에 있다.
人口有持續減少的趨勢。

相關詞彙 연속（連續）

계시다 [게-] 補 表示正在進行（“있다”的尊稱）

衍生片語 일어나 ～（起床了），앉아 ～（坐著）

常用例句 할아버지는 지금 주무시고 계신다.
爺爺現在正在睡覺。
선생님께서 지금 진지 드시고 계신다.
老師現在正在吃飯。

相關詞彙 있다（表示正在進行）

► 계시다 [게-] 動 在（“있다”的尊稱）

衍生片語 집에 ～（在家），시골에 계시는 부모님（住在鄉下的父母）

常用例句 선생님께선 댁에 계시지 않습니다.
老師不在家。
계십니까?
有人在嗎？

相關詞彙 있다（在）

► 계절(季節)[게-] 名 季節

衍生片語 일년 사～（一年四季），수확의～（收穫的季節）

常用例句 가을은 여행하기 좋은 계절이다.
秋季是旅遊的好季節。
나는 계절을 타지 않는 사업을 구상하고 있다.
我想做不受季節影響的生意。

相關詞彙 사계절（四季），제철（時令）

► 계획(計劃)[게-] 名 計劃

衍生片語 ～을 실천하다（實施計劃），～을 짜다（擬訂計劃）

常用例句 그 일은 계획에 그치고 말았다.
那件事最終只是一個計劃。
아무런 계획도 없이 무작정 길을 떠났다.
毫無計劃，冒然離開了。

相關詞彙 기획（企劃），일정（日程）

► 고기 名 肉，魚

衍生片語 ～반찬（葷菜），돼지 ～（豬肉）

常用例句 고기에 채소를 곁들여 먹는다.
肉菜搭配著吃。
고기 보고 기뻐만 말고 가서 그물을 쳐라.
與其臨淵羨魚，不如退而結網。

相關詞彙 육류（肉類）

► 고등학교 [-꾜](高等學校) 名 高中

衍生片語 ～ 동창생（高中同學），～에 다니다（念高中）

常用例句 어떻게 하면 고등학교 수학을 잘 공부할 수 있을까?
怎樣才能學好高中數學？
열심히 공부했기에 고등학교 입학시험에 붙었다.
因爲努力用功，所以考上了高中。

相關詞彙 대학교（大學），초등학교（小學）

고등학생(高等學生)[-쌩] 名 高中生

衍生片語 ～이 되다（成爲一名高中生）

常用例句 우리 여동생은 고등학생이다.
我妹妹是高中生。

相關詞彙 우등생（優等生），장학생（獲獎學生）

고르다 動 選擇，挑選

衍生片語 재료를 ～（選材料），좋은 날을 ～（挑個好日子）

常用例句 네가 마음대로 골라라.
你隨便挑吧。
그중에서 네 마음에 드는 것을 하나 골라라.
從中挑一個你喜歡的吧。

相關詞彙 선택하다（選擇）

고무신 名 膠鞋

衍生片語 ～을 신다（穿膠鞋）

常用例句 고무신 뒤축이 복도에 끌려서 나는 소리를 듣는다.
聽到了膠鞋跟在走廊拖拉的聲音。
그 아이는 고무신 한 켤레를 샀다.
那個孩子賣了一雙膠鞋。

相關詞彙 구두（皮鞋）

고생 名 辛苦，勞苦

衍生片語 ～을 겪다（受苦），갖은 ～（千辛萬苦）

常用例句 어머니께서 우리를 키우시느라고 고생을 많이 하셨다.
媽媽爲了養育我們吃了不少苦。

相關詞彙 피바람을 맞다（歷盡艱辛），어렵다（難）

고속도로 名 高速公路

衍生片語 ～진입로（高速公路入口），～망（高速公路網）

常用例句 고속도로와 대형 교량 건실에 투자하다.
投資建設高速公路和大型橋梁。

相關詞彙 길（路），다리（橋）

고양이 名 貓

衍生片語 ～ 한 마리（一隻貓），～새끼（小貓）

常用例句 고양이가 쥐를 잡다.
貓捉老鼠。
고양이 목에 방울을 단다.
往貓脖子上掛鈴鐺。（比喻不可能的事。）

相關詞彙 괭이（鎬，鋤頭），야옹이（貓叫聲）

고프다 形 餓

衍生片語 배가 ～（肚子餓）

常用例句 배가 고파 죽겠다.
快餓死了。
배가 고프니 꼼짝도 하기 싫다.
肚子餓，動都不想動。

相關詞彙 부르다（飽），시장하다（餓〈敬語〉）

고향(故鄉) 名 故鄉，家鄉

衍生片語 ～을 떠나다（離開故鄉），～을 그리워하다（懷念故土）

常用例句 가끔 고향이 그립다.
有時會想家。
고향을 떠난 지 몇년이나 되었느냐?
離開家鄉幾年了？

相關詞彙 고토（故土），향토（鄉土）

곡 名 ①曲子，曲　②支，首

衍生片語 새 악곡 두 ～（兩首新曲），노래 두 ～（兩首歌）

常用例句 이 곡은 운남성 소수민족의 민요이다.

這首曲子是雲南省少數民族民歌。
노래 한 곡 불러 주세요!
唱首歌吧！

相關詞彙 노래（歌曲），가사（歌詞）

► **곧** 副 ①立刻，馬上 ②就是，換句話說

衍生片語 ～오다（馬上就來）

常用例句 우리는 곧 일을 시작할 것이다.
我們將馬上開始做事。
먹자마자 곧 토하였다.
一吃就吐。

相關詞彙 바로（馬上），즉（即）

► **곳 [곧]** 名 地方，場所，處所

衍生片語 다른 ～（其他地方），낯선 ～（陌生的地方）

常用例句 아픈 곳이 어디지？
哪裡疼？
그 말을 가슴 속 깊은 곳에 새겨 두었다.
把那句話深深印在了心裡。

相關詞彙 데（地方），장소（場所）

► **공** 名 球

衍生片語 ～을 차다（踢球），～을 받다（接球）

常用例句 설마 공 가지고 노는 것도 위험하겠어?
難道玩玩球也有危險？
나는 그와 함께 공을 가지고 논다.
我和他一起玩皮球。

相關詞彙 볼（ball，球），테니스（網球），축구（足球）

► **공부(工夫)** 名 學習，念書

衍生片語 ～가 뒤떨어지다（功課落後），～를 계속하다（繼續學習）

常用例句 공부는 늙어 죽을 때까지 해도 다 못한다.
活到老，學到老。
마을에서 공부를 잘하는 아이들은 대부분 도시 학교에 진학했다.

村裡會讀書的孩子大部分都考到城裡的學校了。

相關詞彙 학습（學習），열심히（仔細，努力）

공부하다(工夫-) 動 學習，念書

衍生片語 국어를 ～（學習語文）

常用例句 학생들이 영어를 공부한다.
學生們學習英語。
대학에서 국어학을 공부한다.
在大學學習國語學。

相關詞彙 배우다（學習），학습하다（學習）

공원(公園) 名 公園

衍生片語 자연 ～（自然公園），국립～（國立公園）

常用例句 공원으로 산책 가자.
去公園散步吧。
학교 근처에 공원이 있다.
學校附近有公園。

相關詞彙 볼거리（景致），화초（花草），놀이공원（遊樂場）

공중전화(公眾電話) 名 公用電話

衍生片語 ～카드（公用電話卡），～요금（電話費）

常用例句 공중전화로 부모님께 전화를 걸었다.
用公用電話給父母打了電話。

相關詞彙 전화카드（電話卡），국제전화（國際電話）

공책(空冊) 名 本子，筆記本

衍生片語 ～열 권（十本筆記本）

常用例句 공책에다가 그림을 그린다.
在本子上畫畫。
공책 한 권 빌려 주실래요?
能借我一本筆記本嗎?

相關詞彙 노트（筆記本），숙제（作業）

공항(空港) 名 機場

衍生片語 ～에 마중 나가다（去機場送行），～ 버스（機場巴士）

常用例句 하와이에서 출발한 비행기는 밤이 늦어서야 공항에 도착했다.
從夏威夷起飛的飛機很晚才到機場。
공항에서 시내 숙소로 가실 때는 버스를 이용하면 편리합니다.
從機場去市內的住處，坐公車會方便一點。

相關詞彙 비행장（機場），탑승구（登機口）

공휴일(公休日) 名 公休日

衍生片語 법정～（法定公休日）

常用例句 10월은 다른 달보다 공휴일이 많다.
10月的公休日比其他月份多。
그 백화점은 월요일이 공휴일이다.
那個百貨商店週一休息。

相關詞彙 개천절（開天節〈韓國國慶節〉），추석（中秋節）

과(課) 名 ①課　②（第幾）課

衍生片語 제 1～（第一課），제 9 ～（第九課）

常用例句 첫째 과를 공부합시다.
學習第一課。
이 책은 각 과마다 연습문제가 있다.
這本書每課都有練習題。

相關詞彙 수업（課），교시（上課時限），교실（教室）

과일 名 水果

衍生片語 ～ 가게（水果店），～칼（水果刀）

常用例句 나무에 열린 과일을 땄다.
摘下了果樹上的果實。
나는 육류보다는 과일이나 채소를 더 좋아한다.
比起肉類，我更喜歡水果和蔬菜。

相關詞彙 열매（果實）

► **과자(菓子)** 名 點心，糖果

衍生片語 ～ 상자（點心盒子）

常用例句 손님에게 차와 과자를 내놓았다.
為客人端出茶和點心。
내 동생은 소풍 간다고 과자를 가방 가득 채웠다.
弟弟說是要去郊遊，帶了滿滿一包點心。

相關詞彙 제과（製作點心），제과점（糕餅店）

► **괜찮다 [-찬타]** 形 沒關係，還可以

衍生片語 괜찮은 사람（不錯的人），괜찮게 잘 했다（做得不錯）

常用例句 괜찮습니까?
沒事吧？
이 정도면 괜찮은 편이다.
這樣就不錯了。

相關詞彙 나쁘지 않다（不壞），좋다（好）

► **굉장히(宏壯-)** 副 非常地，特別地

衍生片語 값이 ～ 싸다（價格很便宜），날씨가 ～ 춥다（天氣很冷）

常用例句 이건 굉장히 좋다.
這個東西可真好。
요 사이 날씨가 굉장히 덥다.
這幾天天氣很熱。

相關詞彙 훌륭히（優秀地），매우（很）

► **교과서(教科書)[교꽈서]** 名 教科書，課本

衍生片語 역사～（歷史教科書），중학교～（中學課本）

常用例句 교과서 50페이지를 펼치세요!
把課本翻到第50頁。
교과서 3페이지를 좀 보세요!
看一下課本第3頁。

相關詞彙 공책（練習本），질문（提問題）

► **교수(教授)** 名 教授

衍生片語 대학～（大學教授），～휴게실（教授休息室）

常用例句 그녀는 대학 영문학과 교수이다.
她是大學英文系教授。
어제 길에서 교수님을 만났다.
昨天在路上遇見教授了。

相關詞彙 선생님（老師）

교실(教室) 名 教室

衍生片語 3학년 5반 ～（三年五班教室），～에 가다（去教室）

常用例句 우리 교실은 2층에 있다.
我們教室在2樓。
외국어는 교실안의 수업만으로는 부족하다.
學外語僅僅靠在課堂上課是不夠的。

相關詞彙 책상（書桌），의자（椅子）

교통(交通) 名 交通

衍生片語 ～사고（交通事故），～카드（悠遊卡），～난（交通難行），～단속（交通管制）

常用例句 이 동네는 교통이 편리하다.
這個社區交通便利。
지하철 개통으로 교통 문제가 일부 해결되었다.
地鐵的開通解決了部分交通問題。

相關詞彙 통행（通行），자가용（私家車）

교회(教會) 名 教會

衍生片語 ～에 다니다（去教堂），～음악（教會音樂）

常用例句 그는 일요일마다 교회에 나간다.
他每週週日去教堂。
우리는 교회에 가서 기도한다.
我們去教堂祈禱。

相關詞彙 교회당（教堂），전교사（傳教士）

구(九) 數 九

衍生片語 ～년（九年），～미터（九公尺）

常用例句 여기 온 지 9 주가 된다.
來這裡已經9週了。

相關詞彙 아홉（九）

► 구경 名 觀看，參觀

衍生片語 ～꾼（觀眾），～하러 가다（去看熱鬧）

常用例句 불꽃놀이를 구경하고 있어.
正在看煙火。

相關詞彙 관람（觀賞）

► 구두 名 皮鞋

衍生片語 ～ 두 켤레（兩雙皮鞋），～를 닦다（擦皮鞋）

常用例句 구두 신고 발등 긁기.
隔靴搔癢。（比喻抓不到重點。）
이 구두는 오래 신었습니다.
這雙皮鞋穿了很久了。

相關詞彙 운동화（運動鞋），양복（西服）

► 구름 名 雲

衍生片語 흰 ～（白雲），～바다（雲海）

常用例句 하늘에는 구름 한 점 없다.
天上一片雲都沒有。
해가 구름 속으로 들어간다.
太陽鑽到雲裡去了。

相關詞彙 하늘（天空），희다（白色），먹구름（烏雲）

► 구십(九十) 數 九十

衍生片語 ～주년（九十周年），～세의 노인（九十歲的老人）

常用例句 나는 시험에서 90 점을 받았다.
我考試得了90分。

相關詞彙 아흔（九十）

► 구월(九月) 名 9月

衍生片語 ～과 시월（9月和10月），팔～（八九月）

常用例句 구월이 되면 농부들은 바쁘게 된다.
一到9月農民們就忙碌起來。

相關詞彙 스승의날（教師節〈韓國5月15日〉），새학기（新學期）

국 名 湯

衍生片語 ～을 먹다（喝湯），～을 끓이다（煮湯）

常用例句 그는 국이 있어야 밥을 먹는다.
他必須有湯才能吃得下飯。
밥을 국에 말아 먹는다.
把飯泡在湯裡吃。

相關詞彙 탕（湯），죽（粥）

국수 [국쑤] 名 麵，麵條

衍生片語 메밀～（蕎麥麵條），～를 삶다（煮麵條）

常用例句 언제 국수를 먹어요?
什麼時候結婚？
나는 국수를 좋아한다.
我喜歡（吃）麵條。

相關詞彙 면（麵）

군인(軍人)[구닌] 名 軍人

衍生片語 ～생활（軍旅生活），～정신（軍人精神）

常用例句 그는 군대에 가서 용감한 군인이 되었다.
他去從軍，成爲了一名勇敢的軍人。
그의 말투로 그가 군인 출신이라는 것을 알았다.
聽口氣就知道他是軍人出身。

相關詞彙 병사（士兵），현충일（顯忠日）

궁금하다 形 ①想知道　②惦念，擔心

衍生片語 바깥 소식이 ～（想知道外面的消息），무엇인지 ～（想知道是什麼）

常用例句 그 안에 무엇이 들었는지 무척 궁금하다.
想知道裡面裝了什麼。
공부를 잘하는 비결이 무엇인지 궁금하다.
想知道書唸得好的祕訣是什麼。

相關詞彙 걱정하다（擔心）

권(卷) 形 ①卷，冊　②本

衍生片語　책 다섯 ～（五本書），제2 ～（第二冊）

常用例句　그 도서관에는 도서가 10만 권이 있다.
該圖書館藏書10萬卷。
지도 두 권을 사려고 한다.
我想賣兩本地圖。

相關詞彙　책（書）

귀 形 ①耳朵　②（針）眼，孔

衍生片語　～가 밝다（耳朵靈），귀가 멀다（耳聾，耳背）

常用例句　두 손가락으로 귀를 막았다.
用手指摀住了耳朵。
귀 막고 방울 도둑질한다.
掩耳盜鈴。

相關詞彙　이비인후（耳鼻喉），귀걸이（耳環）

귀엽다 形 可愛，討人喜愛

衍生片語　귀엽게 생겼다（長得可愛），귀여운 여자 아이（可愛的女孩）

常用例句　저 아가씨는 정말 귀엽게 생겼다.
那個女孩長得眞可愛。
나는 아기의 우는 모습조차도 귀여웠다.
我連那個小孩哭的模樣都覺得可愛。

相關詞彙　사랑스럽다（可愛）

그 代 他

衍生片語　～ 두 그루의 나무（那兩棵樹），～ 가운데（那裡面）

常用例句　그는 참으로 좋은 사람이다.
他眞是個好人。

相關詞彙　그 사람（他）

그 冠 那

衍生片語　～ 사람（那個人），～때（那時）

常用例句　그 책 이리 좀 줘 봐.

把那本書拿到這裡來。
그 이야기의 전말은 다음과 같다.
那個故事的始末如下。

相關詞彙 저（那）

그거 代 那個，那

常用例句 그거 다행이다.
那太幸運了。
그거 뭐냐?
那是什麼啊？

相關詞彙 저거（那個），이거（這個）

그것 [-걷] 代 那個，那是

常用例句 그것은 내 가방입니다. 이것이 당신 것입니다.
那是我的包包，這是你的東西。

相關詞彙 이것（這個），서것（那個）

그곳 [-곧] 代 那裡

常用例句 나는 방금 그곳에서 돌아왔다.
我剛從那裡回來。
그곳에 물건을 놓고 가시면 됩니다.
把東西放那裡就可以走了。

相關詞彙 저곳（那裡），이곳（這裡）

그날 名 那一天

衍生片語 ～의 일（那天的事）

常用例句 나는 그날로 집으로 돌아갔다.
我那天回家了。
나는 한평생 어머니가 우신 그날을 잊지 못한다.
我這輩子也忘不了母親哭泣的那一天。

相關詞彙 그때（那時候）

그늘 名 陰影，蔭

衍生片語 나무 ～（樹蔭），나무 ～ 아래에서 쉬었다（在樹蔭下休息）

常用例句 그늘에서 말리고 햇볕을 직접 쐬지 마십시오.

在陰涼處晾乾，請勿曝曬。
또한 그를 그늘이 진 곳으로 데리고 가서 쉬게 하다.
另外，把他帶到陰涼的地方，讓他歇歇吧。

相關詞彙 피서（避暑），그림자（影子）

► 그동안 名 最近

常用例句 그동안 안녕하셨어요?
最近好嗎？
그동안 연락이 없어 궁금했습니다.
最近沒有聯繫，想知道你的近況。

相關詞彙 그사이（那段時間），그간（那段時間）

► 그때 名 那時候

常用例句 통일이 될 그때를 기다리자.
等待統一的那天吧。
내가 밥을 먹고 있을 그때, 그에게서 전화가 왔다.
我吃飯的時候，他打電話來了。

相關詞彙 그시간（那時）

► 그래 感 嗯（表示認同）

常用例句 응, 그래.
嗯，是啊。
그래, 알아 들었으니까 그만 가 봐.
嗯，明白了，你先走吧。

相關詞彙 글쎄（是啊）

► 그래서 副 所以

常用例句 어제는 많이 아팠어요. 그래서 결석했어요.
昨天身體很不舒服，所以缺席了。
어머니가 아프시다. 그래서 내가 대신 왔다.
媽媽生病了，所以我代替她來了。

相關詞彙 그런 까닭에（因爲），그러므로（因此）

► 그러나 副 可是，但是，然而

常用例句 아내는 조용히, 그러나 단호하게 말했다.
妻子安靜卻堅定地說了。

그러나 어딘가 좀 이상한 점이 있다.
可是某個地方有點奇怪。

相關詞彙 그렇지만（可是）

► 그러니까 副 所以，因此

常用例句 그러니까 내 말대로 하라는 거 아니냐?
所以我不是說讓你們按照我說的做嗎？
오늘도 늦게 일어났구나. 그러니까 늘 지각이지.
今天又賴床了，所以老是遲到啊。

相關詞彙 그러므로（所以，因此）

► 그러면 副 那麼，那

常用例句 이 길을 따라 가라. 그러면 목적지가 나올 거다.
順著這條路走下去，（那）就可以到目的地。

相關詞彙 그렇게 하면（那麼）

► 그런데 副 可是，但是

常用例句 나는 그녀를 잊고 싶다. 그런데 그렇게 되지 않는다.
我想把她忘記，但是我做不到。
이 치마는 매우 예쁘다. 그런데 좀 짧다.
這條裙子很漂亮，但有點短。

相關詞彙 그러한데（可是），그렇지만（但是）

► 그럼 感 是啊，那麼

衍生片語 ～요!（是啊）

常用例句 그럼, 당연하지.
是啊，當然了。
“내 말 잘 알아들었겠지?” “그럼, 물론이지.”
「聽懂我的話了吧？」「嗯，當然了。」

相關詞彙 물론（當然）

► 그럼 副 那麼

常用例句 그럼 어떻게 하지?
那怎麼辦？
그럼 이제부터 다시 시작하자.

那現在重新開始吧。

相關詞彙 그러면（那麼）

► **그런** 冠 那樣

常用例句 저는 그런 일은 할 수 없습니다.
我不能做那種事。
상황이 그런 처지이니 어찌하겠나?
情況已經是這樣了，該怎麼辦呢？

相關詞彙 저런（那樣），이런（這樣）

► **그렇지만 [그러치만]** 副 可是，但是

常用例句 가기는 가겠다. 그렇지만 주인과는 말도 하지 않겠다.
去是會去，但是我不會和主人說話。
네 말도 일리는 있다. 그렇지만 우리는 다른 사람들의 의견에 따라야만 한다.
你說的話有道理，但是我們必須聽從別人的意見。

相關詞彙 그러나（不過）

► **그릇 [-륻]** 名 ①器皿，餐具 ②碗

衍生片語 ～을 깨뜨리다（打破碗），～을 씻다（洗碗）

常用例句 이 것을 담아 갈 그릇이 있습니까?
有裝這個的容器嗎？
물 한 그릇 주세요!
給我一碗水！

相關詞彙 용기（容器）

► **그리고** 副 及，和，還有

衍生片語 너～나（你和我）

常用例句 그는 자리에서 일어났다. 그리고 창문을 열었다.
他站了起來，接著打開了窗戶。

► **그리다** 動 ①畫 ②描寫，描繪 ③憧憬，嚮往

衍生片語 그림을 ～（畫畫），지도를 ～（畫地圖）

常用例句 그는 유명 화가가 그린 그림을 모은다.
他收集著名畫家的畫。

친구는 나에게 약도를 자세히 그려 주었다.
朋友仔細地給我畫了張簡圖。

相關詞彙 묘사하다（描寫）

그림 名 畫

衍生片語 ～의 떡（畫中之餅），～을 그리다（畫畫）

常用例句 이 그림은 누가 그린 것이지?
這幅畫是誰畫的？
그 화가의 그림은 주로 물고기를 소재로 한 것이다.
那個畫家的畫主要以魚爲題材。

相關詞彙 회화（繪畫）

그만하다 形 ①差不多，也就 ②就那樣

衍生片語 그만한 일（就那點兒事）

常用例句 방은 크지 않지만, 그만하면 깨끗하게 정리되어 있다.
屋子雖然不大，收拾得倒還乾淨。
부상이 그만해서 천만 다행이다.
受傷不嚴重眞是太幸運了。

相關詞彙 그냥저냥하다（湊合）

그분 代 那位

常用例句 그분을 찾아뵙고 인사를 드렸다.
去拜訪他，打了聲招呼。
그분이 어제 집에 오셨다.
他昨天來過我家。

相關詞彙 이분（這位）

그저께 名 前天

衍生片語 ～ 밤（前天晚上）

常用例句 그저께 다친 손목이 아직도 쑤신다.
前天受傷的手腕還在刺痛。

相關詞彙 오늘（今天），내일（明天），어제（昨天），모레（後天）

그쪽 代 那邊

衍生片語 ～ 사람（那邊的人）

常用例句 이리 들어와서 그쪽에 앉아라.
過來坐那邊。
두 시간 후에 그쪽에서 만나자.
兩個小時候後在那邊見吧。

相關詞彙 이쪽（這邊）

극장(劇場)[-짱] 名 戲場，劇院

衍生片語 영화～（電影院）

常用例句 영화를 보러 극장에 간다.
去劇場看電影。
뜻밖에도 극장 안에서 그녀를 만났다.
意外地在劇院裡遇見她。

相關詞彙 영화관（電影院），연극（戲劇）

근 名 斤

衍生片語 쇠고기 한 ～（一斤牛肉）

常用例句 모처럼 가신다면서 고기 한 근이라도 사 가셔야죠?
您特地說要過去是不是至少買個一斤呢？

相關詞彙 킬로그램（公斤）

근처(近處) 名 近處，附近

衍生片語 집 ～（住家附近）

常用例句 그는 그 근처에 산다.
他就住在那附近。
집 근처에 대형 마트가 있다.
住家附近有一家大型超市。

相關詞彙 부근（附近）

글피 名 大後天

常用例句 글피는 저희 어머님의 50세 생신입니다.
大後天是我母親50歲生日。

글피는, 모레의 다음날이다.
大後天就是後天的下一天。

相關詞彙 오늘（今天），내일（明天）

금방 名 ①剛才，剛剛　②就，馬上，立刻

衍生片語 ～ 구워 낸 빵（剛烤好的麵包），～ 밥을 먹다（馬上吃飯）

常用例句 그가 금방 전에 왔다.
他剛才來過了。
그는 금방 갈 것이다.
他馬上去。

相關詞彙 방금（剛才），즉시（立即）

금요일(金曜日)[그묘-] 名 星期五

衍生片語 ～ 아침（週五早上）

常用例句 그는 매주 금요일마다 친구를 찾아간다.
他每週五都去找朋友玩。
우리는 금요일에 수업이 없다.
我們星期五沒有課。

相關詞彙 주말（週末）

급(級) 名 級，級別，等級

衍生片語 ～이 높다（級別高）

常用例句 그의 노래는 프로급이다.
他的歌是職業級的。
태권도는 급이 낮을수록 잘하는 것이다.
跆拳道的級數越低越好。

相關詞彙 급수（級數），등급（等級）

급하다(急-) 形 ①急忙，急促　②陡　③急躁

衍生片語 경사가 급하게 떨어지다（坡度急降），말을 급하게 하다（話說得急）

常用例句 산이 급하고 길이 미끄러운 건 두렵지 않다.
不怕山陡路滑。
그는 성질이 몹시 급하다.
他的脾氣很急躁。

相關詞彙 바쁘다（忙碌）

기도하다(企圖-) 動 意圖；祈禱

衍生片語 탈출을 ～（企圖逃跑），자살을 ～（企圖自殺）

常用例句 폭리를 취하려고 기도했다.
意圖牟取暴利。
일시적으로 속이려고 기도했다.
試圖蒙混一時。
두 분 내외가 내내 건강하시길 하느님께 기도하겠습니다.
我要向神祈禱，願你們夫妻二人永遠健康。

相關詞彙 꾀하다（圖謀），시도히다（圖謀，試圖）

기다리다 動 等，等待

衍生片語 차를 ～（等車），시기를 ～（等待時機）

常用例句 잠깐만 기다려, 그는 곧 올 거야.
稍等一下，他馬上就來。
내년 봄에 따스하고 꽃이 필 때까지 기다렸다가 또 오십시오.
等到來年春暖花開時你再來吧。

相關詞彙 기대하다（期待），고대하다（期待）

기분(氣分) 名 ①情緒，心情　②氣氛

衍生片語 ～이 좋다（心情好），～을 전환하다（轉換心情）

常用例句 술 한잔 받으시고 기분 푸세요.
喝杯酒調節一下心情吧。
그는 오랜만에 기분을 내기 위해 여행을 떠났다.
很久沒旅遊了，爲了有個好心情他去旅遊了。

相關詞彙 감정（感情），느낌（感覺）

기쁘다 形 高興，愉快

衍生片語 기쁜 마음（愉悅的心情），마음이 ～（心情高興）

常用例句 기쁘게 설을 보내다.
歡歡喜喜地過年。
기뻐서 입을 다물지 못한다.
樂得合不攏嘴。

相關詞彙 즐겁다（開心）

기숙사(寄宿舍)[-싸] 名 宿舍

衍生片語 학생 ～（學生宿舍），～ 생활（宿舍生活）

常用例句 수업이 끝나면 나는 기숙사로 돌아간다.
一下課我就回到宿舍。
우리 기숙사에는 두 사람이 있다.
我們宿舍有兩個人。

相關詞彙 숙사（宿舍）

기차(汽車) 名 火車

衍生片語 ～역（火車站），～를 놓치다（錯過火車）

常用例句 기차가 철도 위를 달린다.
火車在鐵軌上奔馳。
나는 기차로 통학한다.
我坐火車上學。

相關詞彙 버스（汽車），공항버스（機場巴士），고속버스（長途汽車）

길 名 路

衍生片語 ～을 묻다（問路），먼 ～（遠路）

常用例句 그는 길 입구에 서서 뒤를 잠깐 바라보았다.
他站在路口向後望了望。
길을 안내해 드리겠습니다.
我來給您帶路 。

相關詞彙 길가（路邊）

길다 形 長

衍生片語 긴 세월（悠長的歲月），역사가 ～（歷史悠久）

常用例句 치마 길이가 길다.
裙子長。
그 여자는 머리가 길다.
那個女人頭髮很長。

相關詞彙 기다랗다（長），짧다（短）

김밥 [-김빱] 名 海苔包飯

衍生片語 ～을 말다（捲海苔包飯）

常用例句 그는 김밥 한 줄로 점심을 대신하였다.
他用一捲海苔包飯代替午飯。
김밥을 싸서 소풍을 갔다.
他帶著海苔包飯去郊遊。

相關詞彙 참치(鮪魚)

김치 名 泡菜

衍生片語 오이~(黃瓜泡菜),~를 담그다(醃泡菜)

常用例句 외국 사람들도 김치를 좋아한다.
外國人也喜歡泡菜。
이 식당은 김치가 맛있다.
這個飯店的泡菜很好吃。

相關詞彙 깍두기(蘿蔔泡菜),김치찌개(泡菜湯)

까맣다 [까맏타] 形 烏黑,漆黑

衍生片語 까만 밤하늘(漆黑的夜空),까만 머리(烏黑的頭髮)

常用例句 얼굴이 까매서 놀림을 받는다.
因爲臉黑被捉弄。
바닷가로 휴가를 다녀왔더니 피부가 까맣게 탔다.
去海邊渡假回來,皮膚全曬黑了。

相關詞彙 검다(黑)

깎다 [깍따] 動 ①削 ②剪,刮

衍生片語 사과를 ~(削蘋果皮),머리를 ~(剪頭髮)

常用例句 오늘 잔디를 깎아야 한다.
今天應該修剪一下草坪了。
어머니는 칼로 사과를 깎으신다.
媽媽用刀削蘋果。

相關詞彙 자르다(剪)

깨끗하다 [-끄타-] 形 乾淨俐落,精明能幹

衍生片語 깨끗한 옷(乾淨的衣服),물이 ~(水清澈)

常用例句 교실을 아주 깨끗하게 청소했다.
教室被打掃得很乾淨。
비 온 후에 공기가 깨끗하다.

下完雨後空氣清新。

相關詞彙 맑다（清澈），더럽다（髒）

► **꼭** 副 一定，必定

衍生片語 ～ 오세요（一定要來）

常用例句 나는 내일 꼭 갑니다.
我明天一定去。
그는 우리 회사에 꼭 필요한 사람이다.
他是我們公司不可或缺的人。

相關詞彙 틀림없이（一定），반듯이（一定）

► **꽃 [꼳]** 名 花

衍生片語 ～ 한 송이（一朵花），～이 시들다（花謝了）

常用例句 화단에 꽃을 심는다.
在花壇裡種花。
꽃이 아름답게 피었다.
花開得很美。

相關詞彙 꽃밭（花圃），장미（玫瑰）

► **꿈** 名 ①夢　②願望，夢想

衍生片語 ～을 꾸다（作夢），～을 이루다（實現夢想）

常用例句 꿈에도 생각지 못했다.
作夢也沒想到。
돌아가신 할아버지가 꿈에 보였다.
夢見了去世的爺爺。

相關詞彙 희망（希望），이상（理想）

► **끄다** 動 ①熄滅　②關上

衍生片語 산불을 ～（撲滅了山林大火），라디오를 ～（關收音機）

常用例句 큰 불은 이미 꺼졌다.
大火已經被撲滅了。
전등을 꺼라.
把電燈關上。

相關詞彙 켜다（開）

끓이다 [끄리다] 動 ①開，沸　②煮（湯）　③煎熬

衍生片語 물을 ～（燒水），국을 ～（熬湯），속을 ～（熬）

常用例句 라면을 맛있게 끓이는 방법 좀 알려줘.
請教我可以把麵煮得好吃的方法。
그 일로 나는 속을 끓였다.
因爲那件事，我心裡備受煎熬。
저녁 반찬으로 찌개를 끓인다.
煮個湯作爲晚上的菜。

相關詞彙 죽（粥），국수（麵條）

끝 [끋] 名 ①末，最後　②端

衍生片語 시작과 ～（開始和結束），～없는 바다（無邊無際的海洋）

常用例句 우리는 큰 다리를 끝까지 걸어갔다.
我們走到大橋的盡頭。
바다가 넓어서 끝이 보이지 않았다.
海洋無限遼闊，一望無邊。

相關詞彙 궁극적（歸根究底）

끝나다 [끈-] 動 ①結束　②下班，放假

衍生片語 회의가 ～（會議結束），여름이 ～（夏天過去）

常用例句 일이 아직 끝나지 않았다.
工作還沒完。
영업이 끝났다.
已經關門了。

相關詞彙 완료되다（結束），마감하다（結束）

끝내다 [끈-] 動 結束，完成

衍生片語 수속을 ～（辦完手續），숙제를 ～（完成作業）

常用例句 이 일은 오늘 반드시 끝내야 한다.
這個工作今天必須做完。
공연을 끝내고 저녁을 먹으러 갔다.
演出結束後去吃晚飯了。

相關詞彙 마치다（結束），마무리 짓다（結束）

나 代 我

衍生片語 ～의 소망（我的願望）

常用例句 나와 그 친구는 사이가 참 좋다.
我和那個朋友關係很好。
내가 나를 믿지 않으면 누가 나를 믿겠는가？
如果連我都不相信自己，誰還會相信我？

相關詞彙 본인（本人），너（你）

나가다 補 表示進行

衍生片語 진행해 ～（進行下去）

常用例句 이 일을 열심히 해 나가다 보면 성공할 것이다.
這件事只要努力做下去的話，就會成功的。
그는 붓을 들고 단숨에 글을 써 나가기 시작했다.
他拿起毛筆開始一口氣寫下去。

相關詞彙 가다（表示進行）

나가다 動 ①出去 ②上（街）

衍生片語 산책을 ～（去散步），전쟁에 나간 군인（參加戰爭的軍人）

常用例句 그는 방금 막 나갔다.
他剛出去了。
어머니는 동창 모임에 나가셨다.
媽媽去參加同學會了。

相關詞彙 떠나가다（去）

나다 名 ①生長 ②出現 ③發出 ④變成

衍生片語 빛이 ～（發光），싹이 ～（發芽），박살이 ～（變成了碎塊，粉碎）

常用例句 이 돈 어디에서 났니?
哪裡來的錢？
우리 마을에 길이 났다.
我們村子有路了。

相關詞彙 드러나다（出現）

나라 名 國家

衍生片語 ～를 지키다（保衛國家），이웃 ～（鄰邦）

常用例句 어느 나라 사람입니까?
您是哪國人？

相關詞彙 국가（國家），국민（公民）

나무 名 ①樹木 ②木材，木頭

衍生片語 ～세 그루（三棵樹），～를 심다（植樹）

常用例句 책상은 나무로 만든다.
書桌是用木頭做的。
나무에 물을 좀 줘요！
給樹澆點水！

相關詞彙 수목（樹木），목재（木材）

나쁘다 形 不好，壞

衍生片語 기분이 ～（心情不好），나쁜 사람（壞人）

常用例句 나쁜 사람과 사귀지 마라!
別和壞人來往！
흡연은 건강에 나쁘다.
吸菸有害健康。

相關詞彙 좋다（好），괜찮다（不錯）

나오다 動 ①出來，出現，湧出 ②來，到

衍生片語 결과가 ～（結果出來了），나오는 사람（出來的人）

常用例句 어머니는 길에 나오셔서 아들을 기다리셨다.
媽媽來到大馬路上等兒子。
그는 방에서 무슨 일을 하는지 밖으로 나오지를 않는다.
他在房間裡幹嘛呢，也不到外面來。

相關詞彙 나타나다（出現），오다（來）

나이 名 年齡，年紀

衍生片語 ～를 먹다（上了年紀），～가 많다（年紀大）

常用例句 나이가 어떻게 돼요?
你多大年紀？

여자의 나이는 알 수가 없다.
無法知道女人的年齡。

相關詞彙 연령（年齡），연세（年紀）

▶ 나중 名 ①以後，後來 ②最後，終於

衍生片語 맨～（最後）

常用例句 나중에 다시 이야기하자.
以後再說吧。
이 일은 다른 일 다 하고 나중에 하겠습니다.
先做別的，這件事以後再做。

相關詞彙 후일（以後），끝（最後），마지막（最後）

▶ 낚시 [낙씨] 名 ①魚鉤，釣鉤 ②釣魚，垂釣

衍生片語 ～를 가다（去釣魚），～를 즐기다（喜歡釣魚）

常用例句 첫 번째 고기가 낚시를 물었다.
第一條魚上鉤了。
그가 가장 좋아하는 취미는 낚시다.
他的興趣是垂釣。

相關詞彙 낚시바늘（魚鉤）

▶ 날 名 ①天 ②天氣

衍生片語 어느～（有一天），～을 잡다（訂日子）

常用例句 날이 밝으면 곧 떠나겠다.
天一亮，我就馬上走。
날이 갈수록 우리의 우정은 깊어만 갔다.
友誼日益加深。

相關詞彙 하루（一天）

▶ 날다 動 ①飛 ②跳躍

衍生片語 날아가다（飛走）

常用例句 비행기 덕분에 인간이 쉽게 하늘을 날 수 있게 되었다.
託飛機的福，人類可以輕易地在天上飛。
새가 하늘에서 날고 있다.
鳥兒在天上飛。

相關詞彙 뜨다（漂浮），떠오르다（漂浮）

► **날씨** 名 天氣

衍生片語 좋은～（好天氣），～가 따뜻하다（天氣暖和）

常用例句 날씨를 보아 하니 비가 올 것 같다.
看天氣好像要下雨了。
오늘 날씨가 참 좋아요!
今天天氣眞好。

相關詞彙 일기（天氣），맑다（晴朗）

► **날짜** 名 ①日子 ②日期

衍生片語 약속 ～（約會日期），～가 없는 편지（沒有日期的信）

常用例句 일이 바빠서 날짜가 가는 줄도 모르고 지냈다.
工作太忙了，連日子流逝都沒發覺。
결혼 날짜를 손꼽아 기다린다.
掰著手指頭等待結婚的日子。

相關詞彙 날（日子），시일（時日）

► **남녀(男女)** 名 男女

衍生片語 ～평등（男女平等），～노소（男女老少）

常用例句 한 쌍의 남녀가 손을 잡고 걷고 있다.
一對男女牽著手走著。

相關詞彙 연인（戀人）

► **남대문(南大門)** 名 南大門

衍生片語 ～시장（南大門市場）

常用例句 남대문은 국보 1 호이다.
南大門是一號國寶。
남대문 시장에 가 봤어요?
去過南大門市場嗎？

► **남대문시장(南大門市場)** 名 南大門市場

衍生片語 ～에서 장사를 하다（在南大門市場做生意）

常用例句 그녀는 남대문시장에서 물건을 판다.
她在南大門市場賣東西。

그거 남대문시장에서 산 거야.
那是在南大門市場買的。

相關詞彙 동대문（東大門），국보（國寶）

남동생(男同生) 名 弟弟

衍生片語 사촌 ～（表弟）

常用例句 나도 남동생 하나 있으면 좋겠다.
我要是有個弟弟就好了。

相關詞彙 여동생（妹妹）

남산 名 南山

常用例句 한옥 마을 뒤편으로는 남산이 우뚝 솟아 있다.
南山高高聳立在韓屋村後面。
옥상에 올라가면 멀리 남산이 보인다.
爬上屋頂，就能遠遠地看見南山。

相關詞彙 남산타워（南山塔）

남자(男子) 名 男子，男人

衍生片語 ～선생（男老師），～친구（男朋友）

常用例句 한 젊은 남자가 가게 문을 밀고 들어왔다.
一個年輕男子推開店門走了進來。
저 남자분이 우리 선생님이다.
那位男士是我們老師。

相關詞彙 사나이（小伙子），사내（小伙子）

남쪽(南-) 名 南方，南面

衍生片語 ～지방（南方）

常用例句 남쪽과 북쪽의 생활상이 이제는 많이 다르다.
現在南北生活差異很大。
남쪽은 바다를 면하고 있다.
南面朝海。

相關詞彙 남방（南方），북쪽（北方）

▶ 남편(男便) 名 丈夫

衍生片語 ～과 아내（丈夫和妻子），～을 잃다（失去丈夫）

常用例句 그는 내게 이상적인 남편다.
他對我來説是理想的丈夫。
그녀의 남편은 회사에 나갔다.
她丈夫去上班了。

相關詞彙 서방（女婿，丈夫），아내（妻子）

▶ 남학생(男學生) 名 男學生，男同學

衍生片語 멋진～（帥男生）

常用例句 우리 반에는 남학생이 많지 않다.
我們班上的男生不多。
주말에 남학생을 빼고 여학생들끼리 여행을 다녀왔다.
週末除了男生之外，女生們都去旅遊了。

相關詞彙 여학생（女生）

▶ 낮 [낟] 名 白天，白晝

衍生片語 ～과 밤（白天黑夜），대～（大白天）

常用例句 여름은 낮이 길고 밤이 짧다.
夏天晝長夜短。
오늘은 늦었으니 내일 낮에 이야기하자.
今天太晚了，明天早上再説吧。

相關詞彙 점심때（中午），주간（午間），밤（晚間）

▶ 낮다 [낟따] 形 低，矮

衍生片語 ～은 담（矮牆），낮은 수위（低水位）

常用例句 저 산은 낮지만 험하다.
那座山雖低但很險峻。
책상이 낮고 작아서 불편하다.
課桌椅又矮又小，很不方便。

相關詞彙 나지막하다（低矮的），크다（高）

ㄴ

내년(來年) 名 明年，來年

衍生片語 ～을 기다리다（等待來年），～봄（明年春天）

常用例句 이 아이는 내년에 학교에 가야 한다.
這個孩子明年該上學了。
내년 여름부터 사업에 착수한다.
明年夏天要開始著手做生意。

相關詞彙 작년（去年），금년（今年）

내다 補 做到底（表示持續，堅持）

衍生片語 추위를 이겨～（戰勝嚴寒），끝까지 참아～（堅持到最後）

常用例句 모든 수모를 견뎌냈다.
忍受住了一切侮辱。
어머니한테서 돈을 받아 내고 말았다.
終於從媽媽那裡拿到錢了。

내다 動 ①拿出，出 ②抽（空）

衍生片語 시간을 ～（抽出時間），시험 문제를 ～（出題）

常用例句 시간을 내서 집에 돌아간다.
抽出時間回家。
그 일은 한 마디도 입 밖에 내지 않았다.
關於那件事，一句話都沒說。

相關詞彙 꺼내다（拿出）

내려가다 動 ①下去 ②下降 ③流傳

衍生片語 흐름을 따라 ～（順流而下），온도가 ～（溫度降低）

常用例句 고개를 내려가는 것은 쉽고, 오르는 것은 어렵다.
下坡容易上坡難。
이번 추석에는 고향으로 내려가지 못했다.
這個中秋節沒辦法回家。

相關詞彙 하행하다（下行），올라오다（上來）

내려오다 動 ①傳下來 ②（由中央）下來

衍生片語 어둠이 ～（夜幕降臨）

常用例句 이 물건은 조상 대대로 전해 내려온 것이다.

這個東西是祖先代代傳承下來的。
또 새로운 임무가 내려왔다.
又派新任務來了。

相關詞彙 전해지다（傳下來）

► 내리다 動 ①下來，下 ②消化

衍生片語 비가 ～（下雨）

常用例句 위층 사람들이 아래층에 내려오다.
樓上的人下來了。
마침내 물가가 내렸다.
最後物價下跌了。

相關詞彙 하강하다（下降），오르다（上升）

► 내일(來日) 名 明天

衍生片語 ～의 날씨（明天的天氣），～ 아침（明天早晨）

常用例句 내일이 내 생일이다.
明天是我的生日。
내일 보자.
明天見。

相關詞彙 오늘（今天），어제（昨天）

► 냉면 名 涼麵

衍生片語 ～을 만들다（做涼麵），～육수（涼麵肉湯）

常用例句 겨울에 냉면을 먹으면 건강에 좋다.
冬天吃涼麵有益健康。

相關詞彙 국수（麵條）

► 냉장고(冷藏庫) 名 冰箱

衍生片語 ～를 열다（打開冰箱）

常用例句 반찬을 냉장고에 넣어 두었다.
把小菜放進了冰箱裡。
냉장고에서 시원한 맥주를 꺼내 마셨다.
從冰箱裡拿出冰啤酒喝了下去。

相關詞彙 에어콘（空調），세탁기（洗衣機）

너 代 你

衍生片語 ～라면（換作是你……）

常用例句 너, 이리 좀 와 봐라.
你到這邊來一下。
너는 이 옷을 입어라.
你穿這件衣服吧。

相關詞彙 너희（你們），네（你的）

너무 副 太，過於

衍生片語 ～ 덥다（太熱），～ 더럽다（太髒）

常用例句 서로의 거리가 너무 멀다.
相隔甚遠。
금년에는 비가 너무 많이 온다.
今年雨下得太多了。

相關詞彙 되게（很），엄청나게（相當）

넓다 [널따] 形 ①寬廣，放寬　②寬廣

衍生片語 마음이 ～（心胸寬廣），넓은 거리（寬闊的街道）

常用例句 이 방은 매우 넓다.
這間屋子很寬敞。
그 분은 발이 넓어요.
他交際很廣。

相關詞彙 너르다（肥）

넣다 [너타] 動 ①裝進　②夾入，投入

衍生片語 돈을 주머니에 ～（把錢裝進口袋），커피에 설탕을 ～（咖啡裡加糖）

常用例句 구두와 양말을 벗고 물에 발을 넣었다.
脫掉鞋和襪子，把腳放在水裡。
무와 쇠고기를 국에 넣고 끓였다.
把蘿蔔和牛肉放在湯裡煮。

相關詞彙 집어 넣다（夾），꺼내다（取出）

► 네 冠 四…

衍生片語 ～계절（四季），～번째（第四個）

常用例句 학생 네 명을 보내 주세요!
請派4個學生過來！
이 일을 완성하려면 네 시간이 걸린다.
想做完這件事，那得4個小時。

相關詞彙 사（四）

► 네 感 是，對

常用例句 네, 부르셨습니까?
是，您在叫我嗎？
"여기서는 담배를 피우지 마라." "네."
「請不要在這裡抽菸！」「好。」

相關詞彙 예（是）

► 넥타이 (necktie) 名 領帶

衍生片語 ～를 매다（繫領帶），～를 풀다（解開領帶）

常用例句 갓 쓰고 넥타이 매기.
戴紗帽打領帶（不倫不類）。
넥타이 색깔이 양복 색깔과 잘 어울린다.
領帶的顏色和西裝很配。

相關詞彙 양복（西服）

► 넷 [넫] 數 四

衍生片語 ～째（第四）

常用例句 그는 사람 넷을 고용하였다.
他雇了4個人。
그 집은 딸만 넷이 있다.
那一家只有4個女兒。

相關詞彙 사（四）

► 넷째 [넫-] 冠 數 第四

衍生片語 ～ 아들（老四），위에서 ～줄（上數第四行）

常用例句 넷째, 술과 담배를 끊는다.

第四，戒菸戒酒。
넷째로 노사 관계를 개선해야 한다.
第四，應該改善勞資關係。

相關詞彙 사 번（第四）

년 (年) 名 年

衍生片語 금～（今年）

常用例句 벌써 10년이 되었다.
已經十年了。
집을 떠난 지 일년이나 반년쯤 되었다.
離開家也有一年半載了。

相關詞彙 년대（年代）

노란색 (-色) 名 黃色

衍生片語 ～ 개나리꽃（黃色的迎春花）

常用例句 여자 아이가 노란색(의) 비옷을 입고 있다.
小女孩穿著黃色的雨衣。

相關詞彙 누런색（黃色）

노랗다 形 黃色

衍生片語 안색이 노랗게 되다（臉色蠟黃），노란 옥수수（黃玉米）

常用例句 가을이면 은행잎이 노랗게 물든다.
一到秋天，銀杏葉就變黃了。
이 여인은 얼굴이 노래 핏기가 전혀 없다.
這個女人臉色蠟黃，一點血色都沒有。

相關詞彙 누렇다（黃）

노래(하) 名 歌

衍生片語 ～를 부르다（唱歌），～애호가（喜歡唱歌的人）

常用例句 어떤 노래를 좋아합니까?
你喜歡什麼樣的歌？
그녀는 노래를 잘한다.
她的歌唱得很好。

相關詞彙 가요（歌謠）

▶ 노래하다 動 唱歌

常用例句 그의 시는 자연을 노래한 것으로 유명하다.
他的詩以讚頌自然而聞名。
새들이 즐겁게 노래한다.
鳥兒在快樂地歌唱。

相關詞彙 노래 부르다（唱歌）

▶ 노트(note) 名 筆記本，本子

衍生片語 강의~（課堂筆記），~에 기록하다（記在本上）

常用例句 그는 선생님의 말을 일일이 노트했다.
他把老師的話一一做了筆記。
그때 그때 노트를 해 두어야 나중에 참고 자료로 쓸 수 있다.
只有每次都做筆記，以後才可以用作參考資料。

相關詞彙 공책（筆記本）

▶ 놀다 動 ①玩，遊玩　②休息　③停，停放　④閒著

衍生片語 기계가 ~（機器放著不用），하루 ~（玩了一天）

常用例句 시간이 있으면 놀러 오너라.
有空來玩吧。
일요일인데도 조금도 놀지 않느냐?
連星期天都不能玩嗎？

相關詞彙 즐기다（作樂）

▶ 놀라다 動 ①吃驚　②驚慌

衍生片語 크게 ~（大吃一驚），놀란 아이（受驚的孩子）

常用例句 나를 깜짝 놀라게 했다.
嚇了我一跳。
놀라지 마세요!
別嚇著哦!

相關詞彙 질겁하다（吃驚），경악하다（驚訝）

▶ 농구(籠球) 名 籃球

衍生片語 ~를 하다（打籃球），남자~（男籃）

常用例句 그 남자는 농구를 잘한다.

那個男的籃球打得很棒。

相關詞彙 축구（足球），배구（排球）

농담(弄談) 名 玩笑，笑話

衍生片語 ～으로 여기다（當作玩笑），～을 주고 받다（互開玩笑）

常用例句 나는 그의 농담을 정말로 알았다.
我把他的玩笑當眞了。
감히 그에게 농담을 거는 사람은 없다.
沒人敢跟他開玩笑。

相關詞彙 조크（joke，玩笑），우스갯소리（笑話）

높다 [놉따] 形 高

衍生片語 높은 산（高山），파도가 ～（浪高）

常用例句 서울에는 높은 고층 빌딩들이 많다.
首爾有很多高層建築。
가을에는 하늘이 높다.
秋天的天空很高。

相關詞彙 우뚝하다（聳立）

놓다 [노타] 補 表示保有，維持

衍生片語 해 ～（做好）

常用例句 더우니 문을 열어 놓아라.
很熱，把門打開吧。
표를 미리 사 놓으세요!
先把票買下來吧。

相關詞彙 두다（放）

놓다 [노타] 動 ①放，放下　②布置，設置

衍生片語 한시름 ～（放心），전화를 ～（安裝電話）

常用例句 잡고 있던 손을 놓지 마라.
別放開你握著的手。
제가 다 알아서 할 테니 마음 푹 놓으세요.
我會看著辦的，您盡管放心。

相關詞彙 설치하다（設置）

► 누구 代 誰

衍生片語 ～나 다 할 수 있다（誰都能做）

常用例句 누구나 허물 없는 사람은 없다.
人無完人。
저 사람이 누구입니까?
那個人是誰？

相關詞彙 누가（誰），어디（哪裡）

► 누나 名 姐姐（男的用語）

衍生片語 옆집 ～（鄰家姐姐）

常用例句 누나는 나보다 세 살이 많다.
姐姐比我大三歲。
누나는 학교에 갔어.
姐姐去學校了。

相關詞彙 누님（姐姐），언니（姐姐〈妹妹稱〉）

► 눈 名 眼睛

衍生片語 ～이 밝다（眼尖），～을 뜨다（睜眼）

常用例句 눈을 크게 뜨고 말한다.
睜大眼睛說。
그녀는 눈을 감고 앉아 있다.
她閉著眼睛坐著。

► 눈 名 雪

衍生片語 ～이 녹다（融雪），～이 내리다（下雪）

常用例句 눈이 대단히 많이 내렸다.
雪下得很大。
이 곳은 3월에 눈이 녹는다.
這裡3月時雪就融化了。

相關詞彙 눈발（雪絲）

► 눈물 名 眼淚

衍生片語 ～을 흘리다（流淚），～을 닦다（擦眼淚）

常用例句 눈물로 세월을 보낸다.
終日以淚洗面。
그들은 눈물을 흘리면서 노래를 듣고 있다.
他們流著淚，聽著歌。

相關詞彙 땀（汗水）

뉴스(news) 名 新聞，消息

衍生片語 주요~（要聞），해외~（國際新聞）

常用例句 자세한 소식은 저녁 9시 뉴스에서 전해 드리겠습니다.
詳細消息將在晚上9點新聞中爲你播報。
제가 좋은 뉴스 하나 전해 드리겠습니다.
我告訴您一個好消息。

相關詞彙 소식（消息）

늦다 [늗따] 形 ①遲，晚　②緩慢

衍生片語 성장이 늦다（生長遲緩），행동이 늦다 （行動遲緩）

常用例句 지금 가도 늦지 않다.
現在去還不晚 。
일이 늦어서는 안 되니 빨리해.
事不宜遲，快開始吧 。

相關詞彙 이르다（早）

늦다 [늗따] 動 晚到

衍生片語 시간에 늦다（誤點）

常用例句 그는 약속 시간에 항상 늦는다.
他經常約會遲到。
그는 버스 시간에 늦어 고향에 가지 못했다.
他錯過了公車的時間，沒辦法回家。

相關詞彙 지각하다（遲到）

► 다 副 都

常用例句 올 사람은 다 왔다.
該來的人都來了。
남들이 다 가는 고향을 나는 왜 못 가나？
別人都能回家，爲什麼我不能？

相關詞彙 모두（全）

► 다 名 全部

常用例句 이것이 내가 가지고 있는 것의 다는 아니다.
這不是我所帶的全部東西。
인생에서 돈이 다가 아니다.
錢不是人生的全部。

相關詞彙 전부（全部）

► 다녀오다 動 來過

衍生片語 학교에 ～（來過學校），고향에 ～（回過家）

常用例句 학교에 다녀오겠습니다.
我去過學校了。
나는 외국에 다녀온 적이 없다.
我沒去過外國。

相關詞彙 다녀가다（去過）

► 다니다 動 ①來過 ②上，去 ③當

衍生片語 학교에 ～（上學），고향에 다니러 가다 （回鄉探親）

常用例句 요즘 그는 도서관에 다니면서 논문을 쓴다.
最近他常去圖書館寫論文。
그는 자전거를 타고 학교와 집 사이를 다닌다.
他騎著自行車穿梭於學校和家之間。

相關詞彙 오가다（來往）

► 다르다 形 ①不同，不一樣 ②不尋常的，其他的

衍生片語 성격이 ～（性格不同），다른 게 아니라 （不是別的）

常用例句 나이가 드니까 몸이 예전과 다르다.
人上了年紀，身體也不像從前了。
쌍둥이도 서로 성격이 다르다.

雙胞胎個性也是不同的。

相關詞彙 같다（一樣）

다른 冠 別的

衍生片語 ～날（其他日子），～사람（別人）

常用例句 그는 다른 일이 있어 먼저 갔다.
他有別的事先走了。
나는 너와 다른 일을 한 가지 이야기하고 싶다.
我想跟你談另外一件事。

相關詞彙 별（其他的）

다리 名 腿，腳

衍生片語 책상～（桌腳），～가 굵다（腿粗）

常用例句 사람은 팔과 다리가 각각 두 개씩 있다.
每個人都有兩隻手臂兩條腿。
뱀은 다리가 없지만 빨리 움직인다.
蛇沒有腳，但是移動得很迅速。

相關詞彙 파（胳臂）

다리 名 橋，橋梁

衍生片語 ～를 건너다（過橋），～를 세우다（搭橋）

常用例句 한강에 다리가 몇 개나 되는지 아니?
你知道漢江上有幾座橋嗎？
그 강 위에 한 다리가 있다.
河上有座橋。

相關詞彙 교량（橋梁）

다방(茶房) 名 茶館，茶樓，咖啡屋

衍生片語 ～에 들어가다（進茶館）

常用例句 거리의 조용한 다방에 가서 앉았다.
到街上一個安靜的茶館裡坐下。
친구와 역 앞 다방에서 만났다.
和朋友在車站前的咖啡屋見了面。

相關詞彙 커피숍（咖啡屋），찻집（茶館）

다섯 [-섣] 冠 數 五

衍生片語 사과 ～개（5個蘋果），연필 ～자루（5枝鉛筆）

常用例句 둘에 셋을 더하면 다섯이다.
2加3等於5。
오늘은 다섯이나 지각을 했다.
今天5個人遲到了。

相關詞彙 오（五）

다섯째 [-섣-] 數 第五

衍生片語 ～ 항（第五項），～ 사위（五女婿）

常用例句 철수는 열심히 뛰었으나 다섯째로 들어왔다.
哲誅使勁地跑，但只拿了第五名。
사과를 다섯 개째 깎았다.
削了第五顆蘋果。

相關詞彙 오（五）

다시 副 又，兩次

衍生片語 ～ 시작하다（重新開始）

常用例句 다시 한 번 시도해 보았다.
又再試了一次。
오랫동안 헤어졌다가 다시 만났다.
久別重逢。

相關詞彙 또（再）

다음 名 下次

衍生片語 ～ 차례（下次）

常用例句 이번에는 언니가 했으니 다음은 내 차례다.
這次是姐姐，下次該我了。
다음 역에서 내리시면 됩니다.
在下站下車就可以了。

相關詞彙 지난（上一個）

닦다 [닥따] 動 ①擦 ②刷（牙）

衍生片語 눈물을 ～（擦眼淚），이를 ～（刷牙）

常用例句 수건으로 얼굴 닦다.
用毛巾擦臉。
한참 동안 닦았으나 아직 깨끗하지 않다.
擦了半天還不乾淨。

相關詞彙 손수건（手絹），칫솔（牙刷），대걸레（拖把）

단어(單語)[다너] 名 單字

衍生片語 새로 나온 ～（生字），기본 ～（基本詞彙）

常用例句 이 단어를 읽어 보세요!
請讀一下這個單字。
외국어를 배우는 데 단어를 외우는 것은 매우 중요하다.
學外語時，記單字很重要。

相關詞彙 어휘（詞彙），낱말（單字）

단풍(丹楓) 名 楓葉，紅葉

衍生片語 ～이 지다（紅葉凋落），～구경을 가다（去賞楓葉）

常用例句 가을이 되자 온 산에 단풍이 곱게 물들었다.
一到秋天滿山的楓葉都紅了。
울긋불긋하게 단풍이 들었다.
楓葉紅得多姿多彩。

相關詞彙 홍엽（紅葉）

닫다 [-따] 動 關，閉

衍生片語 문을 ～（關上門），서랍을 ～（把抽屜關上）

常用例句 방문을 잠그지 않고 닫아 두었다.
虛掩著房門。
문과 창문이 모두 꼭꼭 닫혀 있다.
門窗都關得緊緊的。

相關詞彙 열다（開）

달 名 月亮

衍生片語 ～이 뜨다（月亮升起），～이 지다（月落）

常用例句 물 속에서 달을 건져 낸다.
水中撈月。
달이 떴다.
月亮升起來了。

相關詞彙 별（星星），해（太陽），우주（宇宙）

► 달 名 月（量詞）

衍生片語 한 ～（一個月）

常用例句 그 사람이 떠난 지 다섯 달이 다 되었다.
他已經離開五個月了。
몇 달 동안 병원에 다니며 치료를 받았다.
有幾個月的期間來往於醫院，接受治療。

相關詞彙 삼 개월（三個月）

► 달다 形 ①甜　②胃口好

衍生片語 달고 고소하다（香甜），달고 향기롭다（又甜又香）

常用例句 이 수박은 아주 달지는 않다.
這個西瓜不是很甜。
나는 단 음식보다 매운 음식을 좋아한다.
比起甜食，我更喜歡辣的。

相關詞彙 쓰다（苦），시다（酸）

► 달러(dollar) 名 美元，美金

衍生片語 ～로 바꾸다（兌換成美元），～로 계산하다（用美元支付）

常用例句 달러의 가치가 하락하였다.
美元貶值了。
이것은 몇 달러입니까?
這個幾美元？

相關詞彙 지폐（紙幣），인민폐（人民幣）

► 달력 (-曆) 名 月曆

衍生片語 ～을 넘겨보다（翻日曆）

常用例句 나는 달력 하나를 샀다.
我買了一本日曆。

네가 달력을 가지고 와서 그 날이 좋은 날인지 나쁜 날인지를 좀 보아라.
你拿月曆來看看那天是好日子還是壞日子。

相關詞彙 날짜（日期）

► 닭 [닥] 名 雞

衍生片語 ～고기（雞肉）

常用例句 닭이 먼저냐 달걀이 먼저냐?
先有雞還是先有蛋？
뒤 뜰에 닭 몇 마리가 있다?
後院有幾隻雞？

相關詞彙 조류독감（禽流感）

► 닭고기 [닥꼬-] 名 雞肉

衍生片語 ～튀김（炸雞）

常用例句 닭고기가 더 맛이 있다.
雞肉更香。
그는 씹고 있던 닭고기를 삼키고 또 한 조각을 집어 들었다.
他把嚼爛的雞肉吞下去，又夾起一塊放到嘴裡。

相關詞彙 돼지고기（豬肉）

► 담배 名 ①菸草　②香菸，捲菸

衍生片語 ～ 한 갑（一盒菸），～를 끊다（戒菸）

常用例句 담배 피우고 술 마시는 것을 그는 전혀 할 줄 모른다.
抽菸喝酒，他全不會。
담배 피는 것은 인체에 해롭다.
吸菸對人體有害。

相關詞彙 라이타（打火機）

► 대단히 副 相當，非常

衍生片語 ～ 위험하다（異常危險），～ 부지런하다（異常勤奮）

常用例句 대단히 이해하기 어렵다.
頗難理解。
대단히 흥미를 느낀다.

相當感興趣。

相關詞彙 상당히（相當）

► 대답(對答) 名 回答

衍生片語 정확한～（正確的回答），～을 못하다 （答不上來）

常用例句 이 문제에 대답을 하세요!
請回答這個問題!
한참 대문에서 불렀지만 안에서 대답이 없다.
叫了半天門，裡頭沒有人回應。

相關詞彙 해답（解答），응답（應答）

► 대답하다(對答-)[-다파-] 動 回答

衍生片語 질문에 ～（回答問題）

常用例句 그는 누구에게도 한 마디도 대답하지 않았다.
他對誰的話都一句不答。
그는 나에게 화가 났는지 내가 부르는 것에는 대답하지 않았다.
他可能在生我的氣，我叫他，他都不答應。

相關詞彙 응답하다（應答）

► 대사관(大使館) 名 大使館

衍生片語 주일 한국～（韓國駐日大使館）

常用例句 그녀는 한국 대사관에서 일하고 있다.
她在韓國大使館工作。

相關詞彙 영사과（領事館）

► 대전 名 大田（地名）

常用例句 대전에 가 본 적이 있어요?
你去過大田嗎？

相關詞彙 대구（大邱），대도시（大城市），수도 （首都）

► 대학(大學) 名 大學，學院

衍生片語 ～에 들어가다（進大學），～교수（大學教授）

常用例句 어느 대학에 다닙니까?
在哪個大學念書啊？

나는 내년에 수능을 치른다.
我明年要參加聯考。

相關詞彙 다학원（研究所）

대학교(大學校)[-꾜] 名 大學

衍生片語 ～에 다니다（上大學）

常用例句 그 대학교는 세계적인 명문교이다.
那個大學是世界名校。
나는 대학교에서 한국어를 전공했다.
我在大學學了韓國語。

相關詞彙 대학생（大學生）

대학생(大學生)[-쌩] 名 大學生

衍生片語 ～시절（上大學的時候，上本科時）

常用例句 네가 벌써 대학생이 되었구나!
你都已經是大學生了啊！
이제 대학생이 되었으니 참 좋아요!
現在是大學生了，眞好！

相關詞彙 대학 교수（大學教授）

대화(對話) 名 對話，交談

衍生片語 ～를 나누다（對話），～가 오고 가다（你一言我一語）

常用例句 그들은 이미 오랫동안 대화를 하지 않았다.
他們已經好久沒有說話了。
그는 친구와 영어로 대화한다.
他用英語和朋友交談。

相關詞彙 말다툼（吵架）

댁(宅) 名 府上（“집”的尊稱）

衍生片語 시～（婆婆家）

常用例句 댁에 일이 생겼다.
府上出事了。
댁은 어디에 있습니까?
貴府在哪兒？

相關詞彙 집（家）

더 副 ①更，更加 ②再

衍生片語 좀 ～ 높게（再高一點）

常用例句 좀 더 많으면 좋겠다.
再多一點就好了。
조금 더 큰 것 있습니까?
還有再大一點的嗎？

相關詞彙 보다 많이（相比之下更…），보다 더（更…）

덥다 [-따] 形 熱

衍生片語 날씨가 ～（天熱），몹시 더운 날씨（熱的一天）

常用例句 날씨가 더워져서, 이런 옷을 입으면 좀 덥다.
天氣熱了，穿這樣的衣服有點熱了。
오늘은 유난히 더운 날이다.
今天是特別熱的一天。

相關詞彙 무덥다（熱），춥다（冷）

도둑 名 竊賊，小偷

衍生片語 ～을 잡다（捉賊），～을 맞다（被偷）

常用例句 도둑을 한 명 잡았다.
抓到了一個賊 。
어젯밤 그들 집에 도둑이 들었다.
昨天晚上他們家裡有小偷闖進來。

相關詞彙 도적（盜賊），도난（失竊）

도서관 (圖書館) 名 圖書館

衍生片語 공공 ～（公共圖書館），～에 다니다（去圖書館）

常用例句 이 도서관에는 도서가 많이 있다.
這個圖書館有很多書。
이 도서관의 이용자는 1년에 약 10만 명이다.
該圖書館一年約有10萬名讀者。

相關詞彙 도서대출（借閱圖書）

도시(都市) 名 城市，都市

衍生片語 ～환경（城市環境），～미화（美化市容）

常用例句 북경은 아름다운 도시이다.
北京是座美麗的城市。
이 도시 사람들은 매우 친절하다.
這個城市的人非常和藹可親。

相關詞彙 도회지（都會）

도시락 名 飯盒，餐盒，便當

衍生片語 ～을 먹다（吃便當），～을 싸다（裝便當）

常用例句 도시락을 가지고 학교에 간다.
帶著便當去學校 。
어머니는 나에게 도시락을 싸 주셨다.
媽媽爲我準備了便當。

相關詞彙 인스턴트（快餐）

도와주다 動 幫助

衍生片語 여러 가지로 ～（在各方面予以幫助），힘든 일을 ～（幫忙解決困難）

常用例句 나를 좀 도와주실 수 없습니까?
可以幫我一下嗎？
가난한 사람을 도와주는 것은 좋은 일이다.
幫助窮困的人是件好事。

相關詞彙 도움을 주다（幫助）

도착(到著) 名 到達，抵達

衍生片語 ～시간（抵達時間），～지（目的地）

常用例句 비행기의 도착이 눈보라로 지연되었다.
飛機降落由於暴雪的緣故延遲了。

相關詞彙 도달（到達）

도착하다 [-차카-] (到著-) 動 到達，抵達

衍生片語 집에 ～（到家），목적지에 ～（到達目的地）

常用例句 신입생이 속속 도착하여 등록을 하였다.
新生陸陸續續地到達之後辦理了註冊手續。
기차는 오후 세 시에 광주에 도착한다.
火車下午3點到達廣州。

相關詞彙 이르다（到達）

독일(獨逸) 名 德國

衍生片語 ～어（德語）

常用例句 그녀는 독일에서 왔습니다.
她來自德國。
미군은 연합군과 연합하여 독일을 이겼다.
美國與盟軍合作戰勝了德國。

相關詞彙 나치（納粹）

돈 名 錢

衍生片語 ～을 세다（數錢），～을 빌리다（借錢）

常用例句 집을 수리하려면 돈이 얼마나 듭니까?
修房子要多少錢？
돈이 있으면 여행을 가고 싶다.
有錢的話想去旅遊。

相關詞彙 화폐（貨幣）

돌다 動 轉，轉動

衍生片語 정신이 ～（精神失常），머리가 잘 ～（頭腦靈活）

常用例句 바퀴가 매우 빠르게 돈다 .
輪子轉得很快。
하늘과 땅이 빙빙 도는 것 같다.
覺得天旋地轉。

相關詞彙 회전하다（轉）

돌려주다 動 還，交還，退還

衍生片語 물건을 원주인에게 ～（物歸原主）

常用例句 다음 달에 네게 돈을 돌려줄게.
下個月還你錢。

책을 본인에게 돌려주었다.
把書退還給本人。

相關詞彙 반환하다（返還），빌리다（借）

돌아가다 [도라-] 動 回去

衍生片語 집에 ～（回家），고향으로 ～（回鄉）

常用例句 원래의 곳으로 돌아가다.
回到原地。
고향을 떠난 지 10년이 되도록 한 번도 돌아간 적이 없다.
離開家鄉10年，一次也沒回去過。

相關詞彙 되돌아가다（回去），회귀하다（回去）

돌아오다 [도라-] 動 ①回來　②繞著來　③恢復

衍生片語 조국에 ～（回到祖國），고향으로 ～（回歸故鄉）

常用例句 한 번 가서는 돌아오지 않았다.
一去不回。
그는 매일 아침에 나갔다가 저녁에야 돌아온다.
他每天早晨出去，晚上才回來。

相關詞彙 되돌아오다（回來）

돕다 [-따] 動 ①幫助朋友　②增強，增進

衍生片語 도울 수 없다（幫不上忙），친구를～（幫助朋友）

常用例句 그는 내가 외국어를 배우는 것을 도와준다.
他幫助我學外語。
이 약은 소화를 돕는 데 효과가 있다.
這種藥對幫助消化很有效。

相關詞彙 도와주다（幫助）

동대문 名 東大門

衍生片語 ～시장（東大門市場）

常用例句 동대문 시장에 가 봤어?
你去了東大門市場嗎？
동대문은 보물1호이다.
東大門是一號國寶。

동물(動物) 名 動物

衍生片語 ～병원（動物醫院），희귀～（稀有動物）

常用例句 아이를 데리고 동물원에 간다.
帶著孩子去動物園。
인간은 사회적 동물이다.
人類是社會性的動物。

相關詞彙 식물（植物），생물（生物）

동생(同生) 名 弟弟，妹妹

衍生片語 막내～（最小的弟弟或妹妹），사촌～（表妹，表弟，堂弟，堂妹）

常用例句 동생, 그동안 잘 지냈나?
小弟，近來好嗎？
장남인 그는 어린 동생들을 데리고 힘겹게 살아갔다.
身爲長子的他帶著年幼的弟弟一起艱辛地生活。

相關詞彙 아우（弟弟）

동안 名 期間，時間

衍生片語 오랫～（長期以來），방학 ～（放假期間）

常用例句 지구는24시간 동안 한 번 자전한다.
地球24個小時自轉一圈。
그는 3년 동안 한 번도 휴가를 받지 않았었다.
他三年間沒休過一次假。

相關詞彙 기간（期間）

동양화(東洋畵) 名 東洋畫

衍生片語 ～와 서양화（東洋畫與西洋畫）

常用例句 그는 동양화를 잘 그린다.
他擅長畫東洋畫。
이 동양화는 정말 예쁘다.
這幅東洋畫眞美！

相關詞彙 예술（藝術）

▶ 동쪽(東-) 名 東邊

衍生片語 ～에서 부는 바람（東風），～하늘（東邊的天）

常用例句 그는 대련시의 동쪽에 살고 있다.
他住在大連市的東邊。
동쪽에서 해가 떠서 서쪽으로 진다.
太陽東升西落。

相關詞彙 서쪽（西邊）

▶ 돼지 名 豬

衍生片語 ～새끼（小豬），～를 기르다（養豬）

常用例句 나는 어제 밤에 돼지 꿈을 꾸었다.
我昨晚作了一個發財夢。
그는 돼지 고기를 좋아하지 않는다.
他不喜歡吃豬肉。

相關詞彙 돼지꿈（發財夢）

▶ 돼지고기 名 豬肉

衍生片語 ～보쌈（豬肉菜包），～버거（豬肉漢堡）

常用例句 정육점에서 돼지고기 한 근을 샀다.
去精肉店買了一斤豬肉。
삶은 돼지고기를 새우젓에 찍어 먹었다.
把煮熟的豬肉沾蝦醬吃了。

相關詞彙 쇠고기（牛肉）

▶ 되다 動 ①成　②到（時間）　③行，可以

衍生片語 부인이 ～（當太太了），문제가 되지 않다（不成問題）

常用例句 눈이 녹아 물이 된다.
雪融化成水 。
이렇게 하면 됩니까?
這樣做行嗎？

▶ 두 冠 兩個

衍生片語 ～ 사람（兩個人），사과 ～ 개（兩個蘋果）

常用例句 두 가지 해석이 가능하다.

可能有兩種解釋。
나는 도서관에 가서 책 두 권을 빌렸다.
我去圖書館借了兩本書。

相關詞彙 이（二）

► 둘 數 二，兩

衍生片語 ～로 나누다（一分爲二），～도 없다（獨一無二）

常用例句 하나 더하기 하나는 둘이다.
一加一等於二。
우리 둘이서 학교에 간다.
我們兩個人去學校了。

相關詞彙 이（二）

► 둘째 數 第二

衍生片語 ～아들（老二），～문제（第二個問題）

常用例句 휴가를 못 간 것은 첫째는 비가 오고, 둘째는 일이 바빠서이다.
我沒休假，原因有兩個：一是下雨，二是事情忙。
그는 둘째로 대학시합에 합격했다.
他以第二名的成績通過了大學考試。

相關詞彙 제이（第二）

► 뒤 名 ①後面　②以後

衍生片語 집～（屋後），～로 미루다（往後延）

常用例句 집 뒤에 꽃밭이 하나 있다.
房子後面有一個花園。
뒤에 어찌 되었는지 나는 모른다.
至於後來怎樣了，我就不知道了。

相關詞彙 장래（將來）

► 드리다 補 表示「給」的意思（“주다”的敬語）

衍生片語 도와～（幫助），알려～（告知）

常用例句 할머니께 편지를 읽어 드렸다.
爲奶奶讀了信。
선생님께 염려를 끼쳐 드렸다.

給老師添麻煩了。

相關詞彙 주다（給）

드리다 動 敬贈，致

衍生片語 감사를 ～（致謝），선물을 ～（把禮物呈上去）

常用例句 부모님께 선물을 드렸다.
送禮物給父母了。
열렬한 축하를 드립니다.
致上誠摯的祝賀。

相關詞彙 올리다（敬上）

듣다 [-따] 動 ①聽，聽見　②接受

衍生片語 음악을～（聽音樂），라디오를～（聽收音機）

常用例句 당신의 목소리를 듣고 싶습니다.
想聽到你的聲音。
왜 그렇게 말을 안 듣니?
怎麼那麼不聽話呢？

相關詞彙 시청각（視覺和聽覺）

들다 動 ①進入，加入　②定居，搬進

衍生片語 호텔에 ～（住進飯店）

常用例句 방으로 드시지요.
請進屋吧。

相關詞彙 들어가다（進去），살다（生活），이사가다（搬家）

들어가다 [드러-] 動 ①進，入　②上，參加　③凹進去

衍生片語 방으로 ～（進屋裡去），학교에 ～（入學）

常用例句 이 대학은 들어가기가 꽤 어렵다.
這所大學很難進。
들어가서 좀 보아라, 내가 밖에서 기다리고 있을 테니.
你進去看看吧，我在門口等你。

相關詞彙 가입하다（加入），진입하다（進入）

들어오다 [드러-] 動 ①進，入 ②參加 ③進來

衍生片語 학교에 ～（入學），들어오는 돈（收入）

常用例句 나는 작년에 들어왔다.
我是去年加入的。
들어오지 마세요!
請不要進來。

相關詞彙 들다（進入）

등산（登山）名 爬山，登山

衍生片語 ～운동화（登山運動鞋），～을 가다（去爬山）

常用例句 등산은 건강에 유익한 운동 중의 하나이다.
爬山是有益健康的運動之一。
나는 주말에 가족들과 등산을 즐긴다.
我週末喜歡和家人去登山。

相關詞彙 등정（登頂）

따뜻하다 [-뜨타-] 形 溫暖

衍生片語 따뜻한 마음(씨)（熱心），따뜻한 봄바람（和煦的春風）

常用例句 죽이 아직 따뜻하니 빨리 드십시오.
粥還是熱的呢，快喝吧。
손님을 가족처럼 따뜻하게 맞이하였다.
像一家人一樣熱情地招待客人。

相關詞彙 따스하다（暖和），온화하다（溫暖）

딸 名 女兒

衍生片語 맏～（大女兒），～을 시집보내다（嫁女兒）

常用例句 저는 제 딸이 눈물 흘리게 하지 않을 겁니다.
我不會讓我的女兒流淚。
우리 딸은 지난 달 집에 돌아와 며칠 묵었습니다.
我的女兒上個月回家住了幾天。

相關詞彙 영애（令媛），따님（令媛）

딸기 名 草莓

衍生片語 ～잼（草莓果醬），～ 한 근（一斤草莓）

常用例句 요즘은 겨울에도 딸기를 먹을 수 있다.
現在冬天也能吃到草莓。
나는 지금 딸기가 먹고 싶다.
我現在想吃草莓。

相關詞彙 싱싱하다（新鮮）

때 名 ①時候　②時期　③餐，頓

衍生片語 ～가 아직 이르다（時間還早），～를 거르다（誤餐）

常用例句 밥 먹을 때는 손을 씻어야 한다.
吃飯時要洗手。
놀다가도 때가 되면 들어와 식사를 해야지.
玩到吃飯時間了，就該回來吃飯嘛。

相關詞彙 시간（時間）

때문 名 表示原因，理由

衍生片語 ～에（因爲）

常用例句 무엇 때문에 오지 않는가?
爲什麼還不來？
오늘 병이 났기 때문에 나는 학교에 가지 않았다.
因爲今天生病了，所以我沒上學。

相關詞彙 까닭（原因），평계（藉口）

떠나다 動 ①離開　②出發，動身　③脫離，拋棄

衍生片語 고향을 ～（離開家鄉），현실을 ～（脫離實際）

常用例句 그는 이미 북경을 떠났다.
他已經離開北京了。
물고기는 물을 떠나면 살 수 없다.
魚離開了水就不能活。

相關詞彙 출발하다（出發）

떡 名 糕餅

衍生片語 ～볶이（炒年糕），그림의 ～（畫中之餅）

常用例句 그 것은 누워서 떡 먹기이다.
那件事簡直是易如反掌。
이 것은 무슨 떡이냐?

這是什麼年糕啊？

相關詞彙 파전（蔥餅）

또 副 又，再，還有

常用例句 오늘 또 비가 내렸다.
今天又下雨了。
그는 이 편지를 보고 또 보았다.
他拿著這封信看了又看。

相關詞彙 다시（再）

똑같다 [-깓따] 形 完全一樣

衍生片語 똑같은 날（同一天）

常用例句 배에서의 생활은 늘 똑같아서 단조롭다.
船上的生活總是一成不變，很單調。
금년도 입학 시험 과목은 작년과 똑같다.
今年入學考試的科目跟去年相同。

相關詞彙 한결같다（一樣）

똑바로 [-빠-] 副 ①正確地，毫無差錯地　②端正

衍生片語 ～ 서다（站得筆直），～ 가다（直走）

常用例句 돌지 말고 똑바로 가세요!
直走，別轉彎。
이 거리를 똑바로 가면, 천안문으로 통한다.
沿著這條街一直走下去，就到天安門了。

相關詞彙 바르게（正確的），곧게（正確的）

뚱뚱하다 形 胖，胖嘟嘟

衍生片語 뚱뚱하게 살찌다（又圓又胖）

常用例句 배가 튀어 나오도록 뚱뚱하다.
胖到肚子都出來了。
그는 요 2년 사이에 몸이 불어서, 온몸에 살이 뚱뚱하게 쪘다.
他近兩年發福了，長了一身肥肉。

相關詞彙 비대하다（肥大），마르다（乾瘦）

뛰다 動 跳動

衍生片語 맥박이 ~（脈搏），가슴이 ~（心跳）

常用例句 가슴이 두근두근 마구 뛰었다.
心怦怦地亂跳。
급하게 뛰어왔더니 심장이 벌떡벌떡 뛴다.
跑得太急了，心臟怦怦直跳。

相關詞彙 두근두근하다（怦怦跳）

뛰다 動 跳，跑

常用例句 제자리에서 높이 뛰었다.
從座位上跳了起來。
그는 차에서 내리자마자 집으로 마구 뛰었다.
他一下車就朝著家裡狂奔。

相關詞彙 달리다（跑）

뜨겁다 [-따] 形 ①燙 ②炎熱 ③熱情，熱烈

衍生片語 뜨거운 마음（火熱的心），뜨거운 물（熱水）

常用例句 뜨거운 태양이 하늘에 걸려 있다.
烈日當空。
끓인 물이 몹시 뜨거우니 식혀서 마셔라!
開水太燙，放涼後再喝。

相關詞彙 덥다（熱），식다（涼）

라디오(radio) 名 收音機

衍生片語 ～를 듣다（聽收音機），～를 끄다（關收音機）

常用例句 이 라디오로 외국 방송을 들을 수 있나?
用這個收音機可以聽國外廣播嗎？
그는 매일 라디오 강좌를 듣는다.
他每天聽收音機講座。

相關詞彙 안테나（天線）

라면 名 泡麵

衍生片語 ～을 먹다（吃泡麵）

常用例句 라면에 달걀을 넣고 끓였다.
在泡麵裡加雞蛋。
배가 고프면 라면을 끓여 먹어.
如果肚子餓了，就煮泡麵吃吧。

相關詞彙 냉면（涼麵）

러시아(Russia) 名 俄羅斯

衍生片語 ～문학（俄羅斯文學），～에 살고 있는 한인들（在俄羅斯生活的韓國人）

常用例句 그는 한국 태생의 러시아 문학가이다.
他是出生於韓國的俄羅斯文學家。
이것은 러시아의 대문호 톨스토이의 작품이다.
這是俄羅斯大文豪托爾斯泰的作品。

相關詞彙 모스크바（莫斯科）

마늘 名 蒜，大蒜

衍生片語 ～한 접（一瓣蒜），～장아찌（醃大蒜）

常用例句 나는 마늘 먹기 싫다.
我討厭吃大蒜。
마늘을 자주 먹으면 몸에 좋다.
經常吃蒜對身體好。

相關詞彙 파（蔥），맵다（辣）

마당 名 ①院子，庭院 ②情況，局面

衍生片語 집～（庭院）

常用例句 사람이 다 죽게 된 마당에 돈이 무슨 소용이냐?
人都要死了，要錢還有什麼用啊？
마당에 낙엽이 가득 쌓였다.
庭院裡堆滿了落葉。

相關詞彙 뜰（院子）

마리 名 只，匹，頭

衍生片語 닭 한～（一隻雞），소 30～（30頭牛）

常用例句 할머니가 토끼 네 마리를 기른다.
奶奶養了四隻兔子。

相關詞彙 두（頭）

마르다 動 ①乾，乾涸 ②枯萎

衍生片語 눈물이～（淚乾了），목이～（口渴）

常用例句 연꽃이 완전히 말랐다.
荷花完全枯萎了。
꽃들이 모두 말랐다.
花都枯萎了。

相關詞彙 갈증나다（渴）

마시다 動 喝，飲

衍生片語 차를～（喝茶），술을～（喝酒）

常用例句 술을 마시고 운전하는 것은 위험하다.

酒後駕車很危險。
무엇을 마시겠습니까?
想喝什麼？

相關詞彙 들이켜다（痛飲）

마음 名 心，心意，心眼

衍生片語 ～이 좋다（心眼好），～에 새기다（牢記在心）

常用例句 아내는 착한 마음씨를 가진 사람이다.
妻子有一顆善良的心。

相關詞彙 마음씨（心地），착하다（善良）

마지막 名 最後，最終

衍生片語 ～날（最後一天），～장면（最後一幕）

常用例句 널 용서해 주는 것은 이번이 마지막이다.
這是最後一次原諒你。
마지막으로 한마디 하겠는데 모두들 몸 조심해라.
最後再說一句：大家要注意身體。

相關詞彙 끝（最後），처음（最初）

마흔 名 四十

衍生片語 ～살（四十歲），～명（四十名）

常用例句 남자 나이 마흔이면 사업을 이루어야 한다.
四十歲的男人應該事業有成。
마흔이 넘으면 인생을 좀 알 때도 되었다.
過了四十，也就到了對人生有些了解的時候了。

相關詞彙 사십（四十）

만(萬) 名 萬

衍生片語 ～원짜리 지폐（一萬元面額的紙幣）

常用例句 나에게 만원짜리 지폐밖에 없다.
我只有萬元面額的紙幣。

相關詞彙 천（千）

만(萬) 數 萬

衍生片語 자동차~대（一萬輛車）

常用例句 만의 하나라도 잘못이 있으면 안 된다.
不允許有萬分之一的錯誤。
은혜의 만분의 일이라도 갚겠습니다.
點滴之恩也要報答。

相關詞彙 천（千）

만나다 動 ①相逢，碰見　②見面

衍生片語 좋은 기회를~（碰上好機會），우연히~（偶遇）

常用例句 길에서 옛날 친구를 만났다.
在路上遇到一個老朋友。
만나서 반갑습니다!
見到你很高興！

相關詞彙 상봉하다（相逢）

만들다 動 ①製造　②編寫，編纂

衍生片語 기적을~（創造了奇蹟），자동차를~（造車）

常用例句 책상은 나무로 만든다.
課桌是木頭做的。
이것은 김 교수가 만든 교과서이다.
這是金教授編寫的課本。

相關詞彙 제조하다（製造）

많다 [만타] 形 多

衍生片語 나이가~（年紀大）

常用例句 찬성한 사람은 매우 많다.
贊成的人很多。
그는 많은 명저들을 읽었다.
他讀過很多名著。

相關詞彙 넉넉하다（充足），풍부하다（豐富），충족하다（充足）

많이 [마니] 副 多

常用例句 요리를 좀 많이 드십시오!

多吃點菜。
할 일이 많이 있다.
要做的事太多了。

相關詞彙 적게（少）

▶ 말(하) 名 話語，話

衍生片語 몇 마디~을 하다（說幾句話），~도 되지 않다（不像話）

常用例句 이 애는 말을 잘 듣는다.
這個孩子很聽話。
한 마디 말로 다할 수 없다.
一言難盡 。

相關詞彙 언어（語言）

▶ 말다 動 停止，作罷，勿

衍生片語 발송하다 만 통지문（停止發送的通知書）

常用例句 저만 믿고 걱정 마세요.
相信我，別擔心。
말았더라면 좋았을 걸!
要是不做就好了。

相關詞彙 그만두다（放棄），금지하다（禁止），저지하다（阻止）

▶ 말다 補 ①表示「不要，別」 ②表示「不」

常用例句 밥을 남기지 마시기 바랍니다.
希望你們不要有剩飯。
휴지를 함부로 버리지 마라.
不要亂扔廢紙。

相關詞彙 아니하다（不）

▶ 말씀(하) 名 話（“말”的尊稱）

衍生片語 ~을 하다（說話），선생님의~（老師的話）

常用例句 말씀을 이해할 수 없습니다.
無法理解您的話。
잠시 드릴 말씀이 있는데요!
我有話要和您說。

相關詞彙 말（話）

▶ 말씀하다 動 講話（"말하다"的尊稱）

常用例句 다시 한번 말씀해 주세요!
請再說一遍!

相關詞彙 말하다（說話）

▶ 말하다 動 說

衍生片語 위에 말한 바와 같이（如上所述）

常用例句 무슨 일이 생겼는지 말해 보아라.
說說看究竟發生了什麼事！
아는 것은 모두 말하며, 할 말은 다하였다.
知無不言，言無不盡。

相關詞彙 이야기하다（說話）

▶ 맑다 [막따] 形 ①明亮 ②晴朗 ③清澈

衍生片語 호수가 거울처럼～（湖水清澈如鏡），날씨가～（天氣晴朗）

常用例句 막 비가 온 뒤라서 공기가 맑고 신선하다.
剛下過雨，空氣清新。
맑게 개인 푸른 하늘에는 구름 한 점 없다.
晴朗的藍天，萬里無雲。

相關詞彙 화창하다（和煦）

▶ 맛 [맏] 名 味道

衍生片語 ～이 가다（走味），～을 내다（出味）

常用例句 이 요리의 맛은 좋다.
這個菜的味道很好。
이건 무슨 맛인지 난 모르겠다.
我嘗不出來這是什麼味道。

相關詞彙 미각（味覺），혀（舌頭）

▶ 맛없다 [마덥따] 形 不好吃

衍生片語 맛없는 음식（難吃的食物）

常用例句 먹자니 맛없고 버리자니 아깝다.
食之無味，棄之可惜。

이 요리는 맛없게 볶아졌다.
這個菜炒得不好吃。

相關詞彙 멋있다（有風度）

► 맛있다 [마싣따] 形 好吃，有滋味

衍生片語 ～는 요리（美味佳肴）

常用例句 요리가 매우 맛있게 되었다.
菜做得好吃。
이 생선은 맛있다.
這道魚味道很好。

相關詞彙 입에 맞다（合胃口）

► 매우 副 很，非常

衍生片語 ～아프다（很痛），～아름답다（很漂亮）

常用例句 그는 매우 열심히 공부한다.
他很認真唸書。
어머니는 막내딸을 매우 귀여워한다.
母親很疼愛小女兒。

相關詞彙 많이（多）

► 매일 (每日) 名 副 每天

常用例句 잘 배워서～향상하다
好好學習，天天進步。
매일 신체를 단련한다.
天天鍛鍊身體。

相關詞彙 날마다（每天）

► 맥주(麥酒) [-쭈] 名 啤酒

衍生片語 ～를 마시다（喝啤酒），～를 한 잔 하다（喝杯啤酒）

常用例句 그는 맥주 한 잔에 취해 버렸다.
他喝了一杯啤酒就醉了。
그는 단숨에 맥주 한 컵을 들이켰다.
他一口氣喝了一杯啤酒。

相關詞彙 비어（beer，啤酒），소주（燒酒）

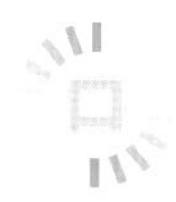

맵다 [-따] 形 ①辣　②凶狠，毒辣

衍生片語 매운 음식（辛辣的食物），추위가～（冷得厲害）

常用例句 매워서 그는 땀을 줄줄 흘리고 있다.
辣得他直冒汗。
매우 매운 눈초리로 나를 보고 있다.
用一種十分凶狠的目光望著我。

相關詞彙 독하다（毒），착하다（善良）

머리 名 頭，頭髮

衍生片語 ～를 긁다（搔頭），～끝에서 발끝까지（從頭到尾）

常用例句 감기에 걸려서 머리가 아파요!
感冒了，頭很痛！
그녀는 머리를 숙여 공손하게 선생님께 인사를 했다.
她低下頭恭敬地和老師打招呼。

相關詞彙 머리카락（頭髮），머리핀（髮夾）

먹다 [-따] 補 表示行爲或狀態的完成

衍生片語 약속을 잊어～（忘了約會）

常用例句 야구공으로 유리를 깨 먹었다.
棒球把窗户打破了。
그는 아이들의 순진함을 이용해 먹는 장사치였다.
他是利用孩子童眞的生意人。

相關詞彙 버리다（表示動作完成）

먹다 [-따] 動 吃

衍生片語 먹고 마시다（吃喝），먹기 어렵다（難吃）

常用例句 일하지 않는 자는 먹지도 마라.
不工作的人不准吃飯。
한 번에 세 그릇을 먹었다.
一頓吃了三碗。

相關詞彙 드시다（「吃」的敬語），잡수시다（「吃」的敬語）

먼저 副 首先

衍生片語 ～가다（先行）

常用例句 그는 나보다 먼저 도착하였다.
他比我先到。
도착하면 제일 먼저 전화부터 해라.
到了先打個電話。

相關詞彙 미리(已經),앞서(已經),선착순(先到者優先)

► **멀다** 形 遠,遙遠

衍生片語 멀지 않은 미래에(在不久的將來),먼 곳(遠處)

常用例句 정거장까지 얼마나 멉니까?
到車站有多遠?
길이 멀어야 말의 힘을 알 수 있고, 오랫동안 겪어봐야 사람 마음을 알 수 있다.
路遙知馬力,日久見人心。

相關詞彙 가깝다(近)

► **메뉴(menu)** 名 菜單

衍生片語 ~를 보다(看菜單),오늘의~(今日菜單)

常用例句 종업원이 벌써 메뉴를 가지고 왔다.
服務生已經拿來菜單。
오늘 메뉴에 무슨 음식이 있는지 우리에게 보여주세요.
給我們看看今天的菜單上有些什麼菜。

相關詞彙 식단(菜單),차림표(菜單)

► **며칠** 名 幾天

衍生片語 ~후(幾天後),~전(幾天前)

常用例句 며칠이 걸립니까?
要多少日子?
그는 며칠 동안 도대체 아무 말이 없었다.
好幾天了,他根本什麼都沒說。

相關詞彙 요며칠(最近幾天)

► **명(名)** 名 名(量詞)

衍生片語 학생 네~(四名學生)

常用例句 오늘은 백여 명이 일을 나왔다.

今天有一百多人上工。
너의 집은 식구가 몇 명 있느냐?
你們家有多少人？

相關詞彙 분（位）

몇 [멷] 冠 幾個，若干

衍生片語 ～가지 일（有些事），～권의 책（幾本書）

常用例句 이 반 학생은 몇 명입니까?
這一班有多少學生？
오늘 회의에 참석한 사람이 몇이나 되느냐?
今天出席會議的人有多少？

相關詞彙 얼마（多少）

모두 副 ①全部，總共　②大家

常用例句 모두 빨리 와서 보아라.
大家快來看！
모두 몇 명 있습니까?
一共有幾個人？

相關詞彙 다（全部）

모든 冠 所有

衍生片語 ～사람（所有人）

常用例句 모든 힘을 다하여 너를 돕겠다.
盡一切的力量來幫助你。
모든 국민은 법 앞에 평등하다.
所有公民在法律面前都是平等的。

相關詞彙 전부（全部）

모레 名 後天

衍生片語 ～쯤（大概後天）

常用例句 내일 아니면 늦어도 모레까지 그곳에 가자.
明天，最晚後天去那裡吧。
모레쯤이면 그 일을 마무리할 수 있을 것이다.
大概後天能完成吧。

相關詞彙 내일（明天），오늘（今天），어제（昨天）

모르다 動 不知道，不懂

衍生片語 모르는 사이에（不知不覺），모르는 사람（不認識的人）

常用例句 왠지 모르지만 그는 또 화를 냈다.
不知怎麼的，他又生氣了。
나는 무엇이 좋고 무엇이 나쁜지 모른다.
我不明白什麼是好，什麼是壞。

相關詞彙 알다（知道）

모자(帽子) 名 帽子

衍生片語 ～를 쓰다（戴帽子），～를 벗다（脫帽）

常用例句 모자를 벗고 인사하였다.
脫掉帽子打招呼。
이 모자가 정말 예쁘다.
這個帽子好漂亮。

相關詞彙 장갑（手套）

목 名 脖子，嗓子，喉嚨

衍生片語 ～이 아프다（喉嚨痛），～이 마르다（口渴）

常用例句 목을 길게 빼고 기다린다.
翹首以待。
이려는 음악을 좋아하며 좋은 목청을 가지고 있다.
李麗愛好音樂，有一副好嗓子。

相關詞彙 목소리（聲音），길다（長）

목요일 (木曜日) [모교-] 名 星期四

常用例句 다음 주～에 여자 친구와 만날 수 있다.
下週四就可以和女朋友見面了。
목요일에 할 일이 너무 많다.
星期四要做的事太多了。

相關詞彙 수요일（週三），주말（週末）

목욕(沐浴)(하) 名 洗澡

衍生片語 ～탕（澡堂）

常用例句 더운 물로 목욕하였다.

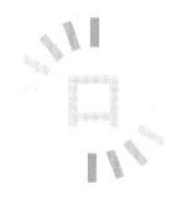

洗了個熱水澡。
공중목욕탕에 목욕 갔다 온다.
去了公共澡堂。

相關詞彙 샤워（淋浴）

몸 名 身體

衍生片語 ～이 건강하다（身體健康），～을 바치다 （獻身）

常用例句 몸은 늙었으나 마음은 늙지 않았다.
人老心不老。
몸이 좀 편찮으세요?
身體不舒服嗎？

相關詞彙 신체（身體）

몹시 副 大，好，很，極

衍生片語 ～중요하다（極重要），～달다（很甜）

常用例句 사람들이 몹시 많아 응접실에 다 앉을 수 없다.
人太多了，會客室裡坐不下。
그를 몹시 꾸짖을 필요는 없다.
不必太責備他。

相關詞彙 매우（很）

못 [몯] 副 不，不能

衍生片語 ～알아보다（沒認出來），～가다（去不了）

常用例句 그 아이를 못 잊는다.
忘不了那個孩子 。
나는 이미 더 이상 못 참을 정도로 기다렸다.
我已經等得不耐煩了。

相關詞彙 안（不能）

못하다 [모타-] 動 會，不能

衍生片語 노래를～（不會唱歌），실현하지～（未能實現）

常用例句 비록 마음속으로는 도와주려고 해도 힘이 미치지 못한다.
雖然內心想幫忙，但心有餘力不足。
중요한 일이 있어서 오지 못했다.
因有要事不能來。

相關詞彙 할 수 없다（不會）

► 못하다 [모타-] 形 不如，差

衍生片語 조금도 못하지 않다（毫不遜色）

常用例句 그의 학습 성적은 너보다 못하다.
他的學習成績不如你。
백 번 듣는 것이 한 번 보는 것만 못하다.
百聞不如一見。

相關詞彙 비교하다（比較）

► 못하다 [모타-] 補 不會，不能

衍生片語 하지~（做不了）

常用例句 음식 맛이 좋지 못하다
飯不好吃。
그런 태도는 옳지 못하다.
那種態度不正確。

相關詞彙 안하다（不做）

► 무겁다 [-따] 形 ①重，沉　②沉著，沉重

衍生片語 입이~（口風緊），무거운 사명（沉重的使命）

常用例句 가방이 무거워서 들 수가 없다.
包包太重了，提不起來。
맡은 책임이 무겁다.
擔負的任務很重。

相關詞彙 막중하다（重），가볍다（輕）

► 무슨 冠 什麼

衍生片語 ~일（什麼事）

常用例句 무슨 할 말씀이 있습니까?
您有何指教？
무슨 할 말이 있으면 말해라.
有什麼要說的就說吧。

相關詞彙 무엇（什麼）

무엇 [-얻] 代 什麼

常用例句 무엇을 행복이라고 하는가?
何謂幸福？
말하고 싶은 것은 무엇이든지 말해!
想什麼就說什麼。

문(門) 名 門

衍生片語 ～을 닫다（關門），～을 열다（開門）

常用例句 그는 화가 난 듯이 문을 쾅 닫았다.
他好像生氣了，碰的一聲關上門。
문이 고장나서 열 수가 없다.
門壞了，開不開。

相關詞彙 창문（窗户）

문제(問題) 名 ①題目 ②問題

衍生片語 시험～（試題），～를 내다（出題）

常用例句 이번 시험은 모두 다섯 문제다.
這次考試一共有五個問題。
기계에 문제가 생겼다.
機器有問題了。

相關詞彙 질문（問題）

묻다 [-따] 動 問，詢問

常用例句 지나가는 사람에게 길을 물었다.
向行人問路。
선생님은 나에게 양친이 다 계시냐고 물었다.
老師問我是否父母健在。

相關詞彙 질문하다（提問），물어보다（打聽）

물 名 水

衍生片語 ～을 마시다（喝水），～을 긷다（打水）

常用例句 우물가에 가서 물을 마셨다.
去井邊喝水。
물을 두 잔이나 들이켰다.

喝下了兩杯水。

相關詞彙 강물（江水），바다（大海）

물건(物件) 名 物品，東西

衍生片語 ～을 사다（買東西），～을 탐내다（貪求東西）

常用例句 물건이 좋지 않다.
東西不好。
나는 바꿀 물건이 있다.
我有東西要換。

相關詞彙 물품（物品）

물론(勿論) 名 副 當然，不用說

衍生片語 ～이다（當然）

常用例句 그럼, 물론이지.
是的，當然。
빌린 물건은 물론 돌려주어야 한다.
借的東西當然要還給人家。

相關詞彙 말할 것도 없이（不用說）

물어보다 [무러-] 動 問一問

衍生片語 길을～（問路），안부를～（問安）

常用例句 행인에게 길을 물어보다.
向行人問路。
동생은 나에게 어디 가느냐고 물어보았다.
弟弟問我去哪兒？

相關詞彙 묻다（問），질문하다（提問）

뭐 感 什麼

常用例句 뭐, 그런 사람도 다 있단 말이냐?
什麼，你是說還有那種人？
심심해서 한번 들렀지, 뭐.
太無聊就來了。

相關詞彙 정말（真的）

▶ 뭐 代 什麼

衍生片語 누가～래도（不管誰說什麼）

常用例句 선생님께서 방금 뭐라고 말씀하셨니?
老師剛才說了什麼？
가만히 있지 말고 뭐라도 해라.
別光發呆，隨便做點什麼事吧。

相關詞彙 무엇（什麼）

▶ 미국 (美國) 名 美國

衍生片語 ～정부（美國政府），～비자（美國簽證）

常用例句 미국으로 여행을 갔다.
去美國旅遊了。

相關詞彙 이민（移民）

▶ 미안하다 (未安-) 形 對不起，不好意思

常用例句 오랫동안 기다리게 해서 미안합니다.
讓您久等了，很抱歉。
미안하지만, 제게 메시지를 남겨주실 수 있는지요?
不好意思，您能幫我留言嗎？

相關詞彙 죄송하다（抱歉）

▶ 미터(meter) 名 米，公尺（量詞）

衍生片語 구～（9米）

常用例句 그 수영장은 깊이가 2미터이다.
那個游泳池深兩公尺。

相關詞彙 그램（公克）

▶ 밀 名 小麥，麥子

衍生片語 ～가루（小麥粉），메～（蕎麥）

常用例句 밀을 갈아서 가루로 만든다.
把小麥磨成粉。

相關詞彙 벼（水稻），옥수수（玉米）

밑 名 下邊

衍生片語 나무～（樹底下），지붕～（屋頂下）

常用例句 잃어버렸던 책을 책상 밑에서 찾았다.
在桌子下面找到了弄丟的書。
그가 밑에서 당신을 기다리고 있다.
他正在樓下等你。

相關詞彙 위（上面）

바꾸다 動 換，交換

衍生片語 옷을 바꿔 입다（換衣服），자리를～（換座位）

常用例句 바꾸어 말하면 다음과 같다.
換句話說，如下。
두 분께서 자리를 좀 바꿔 주시겠습니까？
兩位可以換一下座位嗎？

相關詞彙 교환하다（交換）

바나나 (banana) 名 香蕉

衍生片語 ～껍질을 벗기다（剝香蕉皮）

常用例句 원숭이에게 바나나를 주었다.
餵猴子香蕉。
바나나 네 개를 샀다.
買了四根香蕉。

相關詞彙 오렌지（橘子），수박（西瓜）

바다 名 海

衍生片語 ～로 나가다（出海），～를 건너다（渡過海）

常用例句 바다에 나가 고기 잡다.
出海捕魚。
대련시는 삼면이 바다로 둘러쌓여 있다.
大連市三面環海。

相關詞彙 갈매기（海鷗），파도（波濤）

바람 名 風

衍生片語 ～이 불다（刮風），～이 세다（風大）

常用例句 바람이 나무를 넘어뜨렸다.
風把樹吹倒了。
바람의 방향이 남쪽으로 바뀌었다.
風向變向南吹了。

相關詞彙 빗바람（風雨）

바람에 名 因爲

常用例句 어제는 눈이 오는 바람에 길이 미끄러웠다.

昨天下雪了，所以路很滑。
아이는 배탈이 나는 바람에 학교에 결석했다.
孩子因爲拉肚子，沒去上學。

相關詞彙 때문에（因爲）

► 바로 副 ①一直 ②照實 ③就是 ④馬上

衍生片語 ～가다（馬上走）

常用例句 저곳이 바로 그의 집이다.
那裡就是他的家。
열차가 베이징으로 바로 간다.
列車直達北京。

相關詞彙 곧게（直）

► 바쁘다 形 ①忙，忙碌 ②急

衍生片語 대단히 바쁜 사람（大忙人），일이～（工作忙）

常用例句 지금이 일 년 중 가장 바쁜 계절이다.
這是一年中最忙的季節。
너는 무슨 일로 그렇게 바쁘니?
你爲什麼那麼忙？

相關詞彙 분주하다（忙碌）

► 바지 名 褲子

衍生片語 ～를 입다（穿褲子），～를 벗다（脱褲子）

常用例句 바지를 걷고 개울을 건넜다.
挽起褲腳過小河。
윗옷과 바지가 잘 어울린다.
上衣和褲子很配。

相關詞彙 옷（衣服）

► 박물관(博物館)[방-] 名 博物館

衍生片語 역사～（歷史博物館），～에 견학을 가다 （去博物館參觀）

常用例句 선생님은 학생을 데리고 박물관에 갔다.
老師帶學生去博物館。
김 교수는 자신이 평생 모은 소장품들을 박물관에 기증했다.
他把平生收藏的物品全部捐贈給了博物館。

相關詞彙 뮤지엄（museum，博物館），문화재（文化遺產）

박사(博士) 名 ①博士　②博學多才的人

衍生片語 ～학위를 따다（獲得博士學位），～학위를 취득하다（取得博士學位），만물～（博學的人）

常用例句 그 청년은 컴퓨터 박사이다.
他是電腦博士。
그는 이제 식물학 박사가 다 되었다.
他現在快成植物學博士了。

相關詞彙 석사（碩士）

밖 [박] 名 外邊

衍生片語 ～을 보다（往外看），～에 나가 산책하다（去外面散步）

常用例句 담 밖에 대추나무 한 그루가 있다.
牆外面有一棵棗子樹。
밖에 어떤 손님이 당신을 찾습니다.
外頭有客人找您 。

相關詞彙 바깥（外面），외부（外部），외면（外面）

반(半) 名 一半

衍生片語 ～토막（片段），여섯 시～（6點半）

常用例句 사과를 반으로 잘랐다.
把蘋果切成兩半。
반은 먹고 반은 남겼다.
吃一半，剩一半。

相關詞彙 중간（中間），반쪽（一半）

반(班) 名 班

衍生片語 ～을 나누다（分班），같은～（同班）

常用例句 우리 반은 남학생이 별로 많지 않다.
我們班上男學生不多。

相關詞彙 학급（班級）

반갑다 [-따] 形 高興

衍生片語 반가운 마음（高興的心情）

常用例句 반가운 마음으로 손님을 맞이하였다.
懷著喜悅的心情迎接客人。
만나서 반갑습니다.
見到你很高興。

相關詞彙 기쁘다（高興），즐겁다（愉快）

반찬(飯饌) 名 菜肴，飯菜

衍生片語 ～수（菜的盤數），～을 만들다（做菜）

常用例句 밥만 먹지 말고 반찬도 함께 먹어라.
你別光吃飯，配點菜吃。
오늘은 반찬이 많네!
今天的菜很多嘛！

相關詞彙 밑반찬（小菜），안주（下酒菜）

받다 [-따] 動 ①接　②買　③接受　④打

衍生片語 선물을～（收到禮物），환영을～（受歡迎）

常用例句 기념으로 받아 주십시오.
請收下留個紀念。
가르침을 많이 받았습니다.
承蒙您多指教。

相關詞彙 접수하다（接受）

발 名 腳，足

衍生片語 ～을 멈추다（停下腳步），맨～（赤腳）

常用例句 발 디딜 곳도 없다.
沒有可站之處。
화가 나서 발을 동동 구르다.
氣得直跺腳。

相關詞彙 족（足），다리（腿），손（手）

발음(發音)[바름] 名 發音

衍生片語 ～학（發音學），～을 교정하다（糾正發音）

常用例句 그의 발음은 매우 정확하다.
他的發音很準確。
그의 발음을 들어 보니 대련 사람인 것 같다.
聽他的口音，好像是大連人。

相關詞彙 발음기관（發音器官）

밝다 [박따] 形 亮，明朗

衍生片語 밝고 아름답다（亮麗），밝은 미래（光明的前途）

常用例句 그날 밤의 달빛은 유난히도 밝았다.
那天晚上的月光格外明亮。
달빛이 정원을 매우 밝게 비춘다.
月光把院子裡照得很亮。

相關詞彙 환하다（明亮）

밤 名 夜

衍生片語 ～낮（白天黑夜）

常用例句 겨울은 낮이 짧고 밤은 길다.
冬天晝短夜長。
밤낮으로 쉬지 않고 일한다.
白天黑夜不停地工作。

相關詞彙 달（月亮），낮（白天）

밥 名 飯

衍生片語 ～을 담다（盛飯），～을 먹다（吃飯）

常用例句 숟가락으로 밥을 떠 먹는다.
用筷子吃飯。
밖에서 밥을 먹었다.
在外面吃飯。

相關詞彙 반찬（飯菜），쌀（米）

방(房) 名 房間，屋子

衍生片語 ～에 들어가다（進房間），～을 옮기다（換個房間）

常用例句 이 방은 너무 좁다.
這間屋子太窄。
빈 방이 있습니까?
有空房間嗎？

相關詞彙 집（家），아파트（公寓）

방학(放學) 名 放假

衍生片語 여름~（暑假），겨울~（寒假）

常用例句 방학 동안에 아르바이트를 해서 학비를 벌었다.
放假期間打工賺學費。
아이들이 방학을 맞아 외갓집으로 내려갔다.
假期到了，孩子們去了外婆家。

相關詞彙 휴가（休假）

배 名 肚子

衍生片語 ~가 고프다（肚子餓了），~가 부르다（吃飽了）

常用例句 점심을 먹지 못해 배가 많이 고팠다.
沒吃午飯，肚子很餓。
배가 고파서 아무 일도 할 수 없다.
肚子餓，什麼也做不了。

相關詞彙 복부（腹部），임신하다（懷孕）

배 名 梨

衍生片語 ~를 깎다（削梨）

常用例句 배를 깎아 먹는다.
削梨吃。
할아버지는 물이 많고 단 배를 좋아하신다.
爺爺喜歡吃又甜水分又多的梨。

相關詞彙 과일（水果），사과（蘋果）

배 名 船

衍生片語 ~를 젓다（划船），~를 타다（坐船），뱃길（水路）

常用例句 배 한 척이 바다 한가운데 떠 있다.
海中漂著一艘船。

그 섬에는 하루에 두 번씩 배가 들어온다.
那個島每天有兩班船。

相關詞彙 선박（船舶），바다（大海）

배고프다 形 餓

常用例句 나 배고파 죽겠다!
我快餓死了!
배고프고 목마르다.
又餓又渴。

相關詞彙 시장하다（“고프다”的敬語），부르다（飽）

배부르다 形 飽

常用例句 나 더 이상 못 먹겠다, 이미 배부르다.
我不能再吃了，已經很飽了。
한 끼 배부르게 먹었다.
飽餐了一頓。

相關詞彙 잘 먹다（吃得好）

배우다 動 （向別人）學習

衍生片語 배워서 알다（學會），피아노를～（學習鋼琴）

常用例句 한국에 유학 온 외국인에게서 외국어를 배운다.
跟來韓國留學的外國人學外語。
학교에서 국어 문법을 배웠다.
在學校學習國語文法。

相關詞彙 공부하다（學習），학습하다（學習）

백(百) 名 百

衍生片語 ～이상(되다)（上百個），～에 하나（百分之一）

常用例句 백 번 듣는 것이 한 번 보는 것만 못하다.
百聞不如一見。

相關詞彙 천（千）

백(百) 數 一百

衍生片語 ～퍼센트（百分之百）

常用例句 시험에서 백 점을 받았다.

考試得了一百分。

相關詞彙 천（千）

► 백화점(百貨店)[배콰-] 名 百貨公司

衍生片語 대형～（大型商場），～매장（百貨公司賣場）

常用例句 백화점에 가서 몇가지 물건을 샀다.
去百貨公司買了些東西。
백화점에 물건들이 많이 있다.
百貨公司裡有很多東西。

相關詞彙 가게（店鋪）

► 버리다 補 表示完畢

衍生片語 집을 팔아～（賣掉房子），태워～（燒掉）

常用例句 동생이 과자를 다 먹어 버렸다.
弟弟把點心全吃掉了。
약속 시간에 조금 늦게 갔더니 친구들은 모두 가 버리고 없었다.
超過約定時間，朋友們都走光了。

相關詞彙 내다（表示完成）

► 버스(bus) 名 公共汽車

衍生片語 ～정류장（公車站），～를 타다（坐車）

常用例句 버스를 타기 위하여 정류장으로 갔다.
去車站坐公車。
마지막 버스는 언제 떠납니까?
末班車什麼時候出發？

相關詞彙 지하철（地鐵）

► 번(番) 名 號（量詞）

衍生片語 7～버스（七號車），일～（1號）

常用例句 몇 번 버스를 타야 하나요?
該搭幾號公車呢？

相關詞彙 호（號）

번호(番號) 名 號碼

衍生片語　전화～（電話號碼），우편～（郵遞區號）

常用例句　전화 번호를 좀 알려 주세요.
請告訴我你的電話號碼。
자신의 좌석 번호를 잘 기억하세요!
請大家自己記住自己的座位號碼。

相關詞彙　비밀（祕密）

벌써 副 已經

常用例句　벌써 준비를 다 해두었다.
早就已經準備好了。
그는 벌써 돌아갔다.
他已經回去了。

相關詞彙　이미（已經）

벗다 [벋따] 動 脫（衣服、帽子）

衍生片語　신을～（脫鞋），모자를～（脫帽子）

常用例句　신발을 벗고 방으로 들어간다.
脫鞋進了房間。
방안이 너무 더워서 외투를 벗었다.
房間裡太熱，所以脫了外套。

相關詞彙　신다（穿）

변하다(變-) 動 變化，改變

衍生片語　한없이～（千變萬化）

常用例句　그들의 태도가 변한 것 같다고 느꼈다.
感覺他們態度好像變了。
몇 년 사이에 고향은 완전히 모습이 변했다.
幾年之間，家鄉完全變了樣。

相關詞彙　변화하다（變化），바뀌다（變化）

별 名 星星

衍生片語　～하나（一顆星），～을 보고 점을 치다（占星）

常用例句 달은 밝고 별은 드문드문하다.
月明星稀。
그것은 하늘에 별 따기다.
難如登天。

相關詞彙 달（月亮），밤（夜晚）

병(瓶) 名 瓶

衍生片語 우유 한~（一瓶牛奶），꽃~（花瓶）

常用例句 소주 한 병 주세요.
給我一瓶燒酒。
이 맥주는 한 병에 8백 원입니다.
這種啤酒一瓶800韓圜。

相關詞彙 잔（杯）

병(病) 名 病

衍生片語 ~에 걸리다（得病），~을 앓다（生病）

常用例句 그는 병이 이미 다 나았다.
他的病已經全好了。
일주일간 병으로 쉬었다.
因病休息了一個星期。

相關詞彙 질병（疾病），환자（患者）

병원(病院) 名 醫院

衍生片語 ~에 입원하다（住院），~위치（醫院的位置），~차트（醫院簡表）

常用例句 그는 병원에서 일한다.
他在醫院工作。
교통사고를 당한 환자를 급히 병원으로 옮겼다.
把發生交通事故的患者迅速送往醫院。

相關詞彙 의원（醫院），의사（醫生）

보내다 動 ①派（人） ②寄（信），送（東西）

衍生片語 사람을~（派人），편지를~（寄信）

常用例句 그에게 편지를 보냈다.

寫信給他了。
빨리 사람을 보내서 의사를 모셔 오도록 해라.
趕快派人去把醫生請來。

相關詞彙 부치다（寄），파견하다（派遣）

보다 動 看

衍生片語 보고 들은 것（所見所聞），시험을～（參加考試）

常用例句 내게 좀 보여 주세요.
讓我瞧一瞧。
그 영화 볼 만한가요?
那部電影值得看嗎？

相關詞彙 구경하다（觀看）

보다 補 表示嘗試

衍生片語 먹어～（嘗嘗），입어～（試穿）

常用例句 그런 책은 읽어 본 적이 없다.
沒讀過那種書。
음식이 맛있는지 없는지 좀 먹어 보세요.
嘗嘗看東西好不好吃。

相關詞彙 시도하다（試圖）

보다 副 比，更

衍生片語 ～많다（更多）

常用例句 문제가 보다 더 복잡해졌다.
問題變得更加複雜了。
보다 적은 돈을 들여서 보다 많은 일을 하였다.
花更少的錢，辦更多的事。

相關詞彙 비하다（比）

보리차(-茶) 名 麥茶

衍生片語 ～를 끓이다（煮麥茶）

常用例句 점원이 그에게 따뜻한 보리차 한 잔을 따라주었다.
店員給他倒了一杯熱呼呼的麥茶。

보통(普通) 名 普通，一般

衍生片語 ～사람（普通人），～내기（一般人）

常用例句 이 아이는 성적이 보통이다.
這個孩子的學習成績很普通。
우리는 보통 인연이 아닌가 봐!
看來我們的緣份不一樣啊。

相關詞彙 평상（平常），일반（一般）

복습(復習) 名 復習，溫習

衍生片語 배운 것을～하다（溫習學過的）

常用例句 선생님은 내일 시험을 볼 테니 복습을 꼭 해 오라고 하셨다.
老師說明天要考試，叫我們好好復習。
나는 오늘 배운 수학 공식을 복습을 통해 완전히 익혔다.
我透過溫習完全掌握了今天所學的數學公式。

相關詞彙 예습하다（預習）

복잡하다(複雜-)[-짜파-] 形 複雜

衍生片語 교통이～（交通擁擠）

常用例句 일이 점점 복잡하게 되었다.
事情漸漸變複雜了。
이야기를 처음부터 하자면 복잡하고 시간도 오래 걸린다.
從頭開始說的話又複雜又花時間。

相關詞彙 붐비다（擁擠），쉽다（容易）

볼펜(ball pen) 名 原子筆

衍生片語 ～두 자루（兩枝原子筆）

常用例句 볼펜을 좀 빌려 주실래요?
可以借用一下您的原子筆嗎？
연필 말고 볼펜으로 쓰세요.
請不要用鉛筆，用原子筆寫。

相關詞彙 수성펜（水性筆）

봄 名 春天

衍生片語 ～철（春天），～나들이（春遊）

常用例句 대지에 봄이 돌아왔다.
春回大地。
봄이 되자 날씨가 따뜻해졌다.
開春了，天氣就暖和起來了。

相關詞彙 여름（夏天），가을（秋天），겨울（冬天）

부르다 動 叫

衍生片語 노래를～（唱歌），이름을～（喊名字）

常用例句 밖에서 누가 너를 부른다.
外面有人叫你。
택시를 한 대 불렀다.
叫了計程車。

相關詞彙 소리치다（喊），목（嗓子）

부모(父母) 名 父母

衍生片語 ～를 공경하다（尊敬父母），～를 여의다 （失去父母）

常用例句 부모의 보살핌 속에 자라났다.
在父母的關愛中長大。
결혼하기에 앞서 양가 부모님께 인사를 드렸다.
結婚之前拜訪了雙方父母。

相關詞彙 양친（父母），조부모（祖父母）

부모님(父母-) 名 父母（“부모”的尊稱）

常用例句 부모님께서도 안녕하시지요?
父母都好嗎？
부모님의 은혜에 보답하여야 한다.
應該報答父母的恩惠。
부모님은 시골에 계신다.
父母在鄉下。
부모님을 모시고 해외 여행을 다녀왔다.
帶著父母到國外旅行了。

相關詞彙 학부모（學生家長）

► 부부(夫婦) 名 夫妻

衍生片語 신혼～（新婚夫婦），맞벌이～（雙薪夫婦）

常用例句 부부 싸움은 칼로 물 베기.
夫妻打架不記仇。
그들은 동네에서 사이 좋기로 소문난 잉꼬 부부이다.
在社區裡他們是有名的恩愛夫妻。

相關詞彙 내외（夫婦），금슬부부（琴瑟和諧的夫妻）

► 부산(釜山) 名 釜山

常用例句 우리 선생님은 부산 사람이다.
我們老師是釜山人。
부산에 가 본 적이 있으세요?
您去過釜山嗎？

相關詞彙 대구（大邱），대전（大田），광주（光州）

► 부엌 [억] 名 廚房

衍生片語 ～용구（廚房用具），～싱크대（廚房洗碗漕）

常用例句 부엌에서 식사를 준비하고 있다.
正在廚房做飯。
식사 후에 어머니는 부엌으로 들어가 설거지를 하셨다.
吃完飯媽媽進廚房洗碗。

相關詞彙 주방（廚房），식탁（餐桌）

► 부인(夫人) 名 夫人

常用例句 ～은 안녕하시지요?
夫人還好吧？
저분이 부장님 부인이십니다.
那位是我們的部長夫人。

相關詞彙 아내（妻子），신사（紳士）

► 북쪽(北-) 名 北邊

衍生片語 ～을 바라보다（遙望北方）

常用例句 어디가 북쪽이냐?
哪裡是北方？

북악산은 서울 북쪽에 자리하고 있다.
北嶽山位於首爾的北邊。

相關詞彙 북방（北方），북향（向北），남쪽（南方）

분 名 位

衍生片語 선생님 세~（三位老師），여러~（諸位）

常用例句 집에 손님 몇 분이 오셨다.
家裡來了幾位客人。
오늘 몇 분이나 오십니까?
今天來了幾位？

相關詞彙 명（名）

분(分) 名 分

衍生片語 열한시 삼십~（11點30分）

常用例句 30분 걸린다.
需要30分鐘。
오늘 5시 40분에 일어났다.
今天5點40分起的床。

相關詞彙 초（秒）

불 名 火

衍生片語 ~을 피우다（點火），~이 나다（著火）

常用例句 그들은 나무에 불을 피워서 추위를 이겼다.
他們用木頭點火來禦寒。
불을 좀 빌려 주세요!
借個火。

相關詞彙 불꽃（火花），물（水）

불고기 名 烤肉

衍生片語 ~집（烤肉店），~백반（烤肉飯）

常用例句 그는 저녁으로 불고기를 먹었다.
他晚飯吃的烤肉。
우리는 식당에서 불고기로 배를 채웠다.
我們在飯店用烤肉填飽了肚子。

相關詞彙 상추（生菜），삼겹살（五花肉）

► 불다 動 吹，刮

衍生片語 바람이～（刮風），하모니카를～（吹口琴）

常用例句 오늘은 무슨 바람이 불어서 왔느냐?
今天什麼風把你吹來了？
저녁때가 되자 세찬 바람이 불기 시작했다.
一到晚上就開始刮起了狂風。

相關詞彙 바람（風）

► 비 名 雨

衍生片語 ～가 내리다（下雨），～가 그치다（雨停了），～바람（風雨）

常用例句 큰 비가 한바탕 내렸다.
下了一場大雨。
비 온 다음의 풍경은 말할 수 없이 아름다웠다.
雨後的風景美得難以言喻。

相關詞彙 눈（雪），여름（夏天）

► 비누 名 香皂

衍生片語 가루～（洗衣粉），미용～（美容皂）

常用例句 비누로 얼굴을 씻었다.
用香皂洗了臉。
선물로 수제 비누를 드렸다.
送了一塊手工皂作爲禮物。

相關詞彙 세제（洗滌劑）

► 비디오(video) 名 錄影機，錄影帶

衍生片語 ～카메라（錄影機）

常用例句 대여점에서 비디오 한 편을 빌려 왔다.
在出租店裡借來了一捲錄影帶。
비디오 하나 있으면 더 좋았을 텐데.
要有個錄影機就好了。

相關詞彙 오디오（audio，錄音帶）

비빔밥 [-빱] 名 拌飯

衍生片語 전주～（全州拌飯），돌솥～（石鍋拌飯）

常用例句 어머니는 식구들이 남긴 밥과 반찬으로 비빔밥을 만들어 드시곤 했다.
媽媽常常用家人吃剩的飯菜做拌飯吃。
비빔밥이 영양가도 높고 맛도 좋다.
拌飯營養價值高，而且味道也很好。

相關詞彙 콩나물비밤밥（豆芽拌飯），산채비빔밥（野菜拌飯）

비슷하다 [-스타-] 形 相似，近似

衍生片語 비슷한 예（相似的例子），나이가～（年紀相仿）

常用例句 모두의 의견이 비슷하다.
大家的意見很相近。
그의 모습은 여전히 10년 전과 비슷하다.
他的模樣還跟十年前差不多。

相關詞彙 흡사하다（相似），유사하다（相似），다르다（不同）

비싸다 形（價錢）貴

衍生片語 값이～（價格高）

常用例句 이 책은 비싸다고 할 수는 없다.
這本書不算貴。
집을 생각보다 비싼 가격에 팔았다.
房子賣的價錢比想像的高。

相關詞彙 값지다（值錢），고가（高價），싸다（便宜）

비행기(飛行機) 名 飛機

衍生片語 ～를 타다（坐飛機），～도착시간（飛機到達時間）

常用例句 비행기가 하늘을 날아 올랐다.
飛機飛上了藍天。
아직까지 비행기를 타 본 적이 없다.
到現在還沒有坐過飛機。

相關詞彙 공항（機場）

빠르다 形 ①快 ②敏感

衍生片語 빠른 걸음（快步），말이~（說話快）

常用例句 그는 소식에 유난히 빠르다.
他的消息特別靈通。
비행기는 기차보다 빠르다.
飛機比火車快。

相關詞彙 신속하다（迅速），느리다（慢）

빨간색(-色) 名 紅色

衍生片語 ~옷（紅色衣服）

常用例句 빨간색은 청색에 대비되는 색이다.
紅色的對比色是青色。
빨간색에 흰색을 섞으면 분홍색이 된다.
紅色裡摻白色就成了粉紅色。

相關詞彙 하얀색（白色）

빨리 副 趕快，快速地

衍生片語 ~걷다（快步走）

常用例句 병이 나면 빨리 치료해야 한다.
生了病應該趕快治療。
빨리 차에 타세요!
快上車!

相關詞彙 빠르게（快的），신속하게（趕快）

빵 名 麵包

衍生片語 ~을 굽다（烤麵包），~가게（麵包店）

常用例句 사람은 빵만으로 살 수 있는 것이 아니다.
人不能光靠麵包生活。
저는 빵보다 떡을 더 좋아해요.
與麵包相比，我更喜歡吃年糕。

相關詞彙 베이커리（烘培坊）

사(四) 數 四

衍生片語 ～년（四年），～미터（四公尺）

常用例句 이 더하기 이는 사이다.
二加二等於四。
사 년동안 친구를 못 만났다.
四年沒見朋友了。

相關詞彙 넷（四）

사과(沙果) 名 蘋果

衍生片語 ～과수원（蘋果園），～잼（蘋果醬），～주스（蘋果汁）

常用例句 그는 길가 난전에서 사과를 샀다.
他在路邊的小攤子上買了蘋果。
엄마, 사과 한 개 깎아 주세요!
媽媽，幫我削一個蘋果。

相關詞彙 배（梨），딸기（草莓），바나나（香蕉），파인애플（鳳梨）

사다 動 購買

衍生片語 차표를～（買車票）

常用例句 자전거 한 대를 샀다.
買了輛自行車。
계란을 팔아 돈으로 바꾸었다.
賣雞蛋換來了錢。

相關詞彙 구매하다（購買），매입하다（買入）

사람 名 人

衍生片語 마음속의～（心上人）

常用例句 사람마다 책 한 권씩 가졌다.
人手一冊。
어제 세 사람이 너를 찾아 왔다.
昨天有三個人來找你。

相關詞彙 인간（人類）

사랑 名 愛，愛情

衍生片語 ～을 고백하다（表白愛意），～에 빠지다 （墜入愛河）

常用例句 한 번 보고 사랑에 빠졌다.
一見鍾情。
사랑의 세계는 전쟁터와 같다.
情場如戰場。

相關詞彙 애정（愛情）

► 사랑하다 動 愛

衍生片語 평화를～（熱愛和平）

常用例句 사랑하는 친구 여러분!
親愛的朋友們!
부모의 반대에도 불구하고 그들은 서로 사랑했다.
不顧父母的反對，他們相愛了。

相關詞彙 좋아하다（喜歡），밉다（討厭）

► 사무실(事務室) 名 辦公室

衍生片語 ～동료（辦公室同事）

常用例句 사무실에 갑자기 사람이 많아졌다.
辦公室的人突然多了起來。
이 사무실에서 다른 사무실로 전화하려면 구내전화를 이용하십시오.
如果想從本辦公室打電話到別的辦公室，請用內線電話。

相關詞彙 잡무（雜事），야근（夜班）

► 사십(四十) 數 四十

衍生片語 ～세의 남자（40歲的男人），～미터（40公尺）

常用例句 여덟의 다섯 배는 사십이다.
8的5倍是40。
그는 지난번 시험에서 사십 등을 하였다.
上次考試他是第四十名。

相關詞彙 마흔（四十）

► 사용하다(使用-) 動 使用

衍生片語 도구를～（使用工具）

常用例句 어른에게 존댓말을 사용한다.

對長輩要用敬語。
일생을 두고 모은 재산을 사회 복지 사업에 사용하였다.
將一生的積蓄用在了社會福利事業上。

相關詞彙 쓰다（用），이용하다（利用）

▶ 사월(四月) 名 四月

衍生片語 사오월（四五月）

常用例句 사월에 꽃이 다 피었다.
四月花全開了。
사월은 아름다운 계절이다.
四月是個美麗的季節。

相關詞彙 팔월（八月）

▶ 사이 名 間隔，距離

衍生片語 ～가 멀다（距離遠），～가 가깝다（距離近）

常用例句 나뭇가지 사이로 달빛이 흘러들었다.
月光射進樹枝間。
책 사이에 편지를 끼웠다.
把信夾進了書中。

相關詞彙 거리（距離）

▶ 사장(社長) 名 總經理，老板

衍生片語 신문사～（報社社長），～실（經理室）

常用例句 그는 사장으로 승진했다.
他升職當了社長。

相關詞彙 회장（董事長），과장（課長），팀장（組長）

▶ 사전(辭典) 名 詞典

衍生片語 ～을 편찬하다（編詞典），～을 찾다 （查詞典）

常用例句 모르는 단이기 있으면 사전을 찾으세요.
有不懂的單字就查詞典。
사전을 편찬하는 것은 여간 힘든 일이 아니다.
編詞典不是一件容易的事。

相關詞彙 온라인 사전（線上詞典）

사진(寫眞) 名 照片

衍生片語 ～관（照相館），～첩（相本）

常用例句 기념으로 삼도록 네게 사진 한 장을 보낸다.
送你一張照片留作紀念。
우리 일요일에 사진 찍으러 가자.
我們星期天去照相吧。

相關詞彙 앨범（相本）

사탕(沙糖) 名 糖

衍生片語 ～열 개（十塊糖），～을 입에 물다（把糖含在嘴裡）

常用例句 사탕이 입에서 녹는다.
糖在嘴裡化了。
동생에게 사탕을 사 주었다.
給弟弟買了糖。

相關詞彙 설탕（砂糖）

산(山) 名 山

衍生片語 ～에 오르다（爬山），～을 넘다（翻山）

常用例句 산 밑으로 내려갔다.
下到山腳。
대련은 산이 많다.
大連多山。

相關詞彙 산악（山岳）

산책(散策) 名 散步

衍生片語 ～을 나가다（去散步），～길（步行街）

常用例句 당신은 어디로 산책을 가시나요?
您去哪兒散步？
하루 종일 거리에서 산책하였다.
整天都在街上閒晃。

相關詞彙 소풍（兜風）

살 名 歲（量詞）

衍生片語 다섯～어린이（五歲幼童），두～먹은 꼬마（兩歲的小孩）

常用例句 일곱 살에 초등학교에 입학한다.
七歲上小學。
올해 몇 살이냐?
今年幾歲了？

相關詞彙 세（歲），연세（年歲）

살다 動 住，生活

衍生片語 사는 기쁨（生活的樂趣），사는 곳（住址）

常用例句 너는 어디에 사니?
你住哪兒？
그녀는 영원히 우리의 마음속에 살아 있다.
她永遠活在我們心中。

相關詞彙 거주하다（居住）

삼(三) 數 三

衍生片語 ～년（三年），～등분（三等分）

常用例句 삼 곱하기 삼은 구이다.
三乘三等於九。
교실은 삼 층에 있다.
教室在三樓。

相關詞彙 셋（三）

삼십(三十) 數 三十

衍生片語 ～년（三十年），～가구（三十家）

常用例句 이 단체의 회원은 삼십 명이 넘는다.
這個團體的成員超過三十名。
우리 아파트 삼십 동 앞에는 노인정이 있다.
我們社區三十號樓前面有個老人亭。

相關詞彙 서른（三十）

삼월[사월](三月) 名 三月

衍生片語 이～（二三月）

常用例句 벌써 꽃 피는 삼월이 되었다.
已經到了花開的三月了。

삼월은 본격적인 봄의 시작이다.
三月春天正式開始。

相關詞彙 일월（月）

새 冠 新

衍生片語 ～생활（新生活），～차（新車）

常用例句 새 옷을 꺼내 입었다.
拿出新衣服穿上。
새 학기를 맞이하였다.
迎接新學期。

相關詞彙 새로（新）

새 名 鳥

衍生片語 ～를 기르다（養鳥），～한 마리（一隻鳥）

常用例句 새 한 마리가 날고 있다.
有隻鳥在飛。
이 새의 지저귀는 소리는 아주 듣기 좋다.
這隻鳥的叫聲很好聽。

相關詞彙 조류（鳥類），조류독감（禽流感）

새벽 名 ①黎明，清晨　②開端，萌芽

衍生片語 ～에 일어나다（早晨起床），～안개（晨霧）

常用例句 수탉이 새벽을 알린다.
公雞報曉。
하루의 계획은 새벽에 있다.
一日之計在於晨。

相關詞彙 새벽녘（早晨），저녁（傍晚）

색(色) 名 色

衍生片語 ～을 배합하다（調色），～이 낡다（褪色）

常用例句 빛에는 일곱 가지 색이 있다.
日光有七色 。
이 천은 색이 아주 곱다.
這塊布的顏色很雅致。

相關詞彙 빛（光）

► 색깔(色-) 名 顏色

衍生片語 ～이 진하다（顏色濃），선명한～（鮮亮的顏色）

常用例句 무슨 색깔을 좋아해요?
你喜歡什麼顏色？
옷 색깔을 맞춰 입는다.
搭配顏色穿衣。

相關詞彙 색조（色調）

► 샌드위치(sandwich) 名 三明治

衍生片語 ～를 먹다（吃三明治）

常用例句 그는 단 숨에 샌드위치 한 개를 먹어 버렸다.
他一口氣把三明治吃完了。

相關詞彙 핫도그（熱狗），햄버거（漢堡）

► 생각 名 ①思維，頭腦 ②想法 ③回想，回憶

衍生片語 올바른～（正確的想法），～을 고치다（改正想法）

常用例句 생각과 행동이 일치한다.
言行一致。
그는 오랜 생각 끝에 대답했다.
他想了很久才回答。

相關詞彙 추억（記憶），사고（思考）

► 생기다 動 ①發生，產生 ②入手，到手 ③長

衍生片語 문제가～（出問題），일이～（出事）

常用例句 돈이 또 생겼다.
又有錢了。
그 남자가 잘 생겼다.
那個男的長得很帥。

相關詞彙 일어나다（發生），발생하다（發生）

► 생선(生鮮) 名 魚，鮮魚

衍生片語 ～가게（鮮魚店），～냄새（魚腥味）

常用例句 생선 가시가 목에 걸렸다.
魚刺卡住了喉嚨。
오실 때 생선 두 마리만 사 오세요.
來的時候買兩條魚。

相關詞彙 물고기（魚），어류（魚類）

► **생신(生辰)** 名 壽誕，壽辰

衍生片語 ～잔치를 하다（辦壽宴），～을 축하하다（祝壽）

常用例句 생신 축하드립니다.
祝您生日快樂！
조부님의 생신날, 모두들 축하해 드렸다.
祖父生日那天，大家向他拜壽了。

相關詞彙 생일（生日），돌（周歲），탄생（誕生）

► **생일(生日)** 名 生日

衍生片語 ～을 맞다（迎接生日），～선물（生日禮物）

常用例句 생일 축하합니다!
祝您生日快樂!
오늘은 그의 생일이다.
今天是他的生日。

相關詞彙 생신（生辰），돌（周歲）

► **생활(生活)** 名 生活

衍生片語 일상～（日常生活），～이 빡빡하다（日子緊）

常用例句 생활하기에 편한 곳이군요.
是個生活便利的地方啊。
그전의 생활은 참으로 지내기가 어려웠어!
以前的日子可真不好過啊！

相關詞彙 일상（日常），살림살이（生活）

► **샤워(shower)** 名 淋浴

衍生片語 ～실（浴室）

常用例句 차가운 물로 샤워를 하고 나니 더위가 싹 가셨다.
用涼水沖完涼，暑氣全消了。
욕실에서 샤워를 하다가 기절하였다.

在澡堂洗澡時暈倒了。

相關詞彙 목욕（沐浴）

서다 動 立，站

衍生片語 입구에~（站在入口處），서 있다（站著）

常用例句 다들 서 있지 마시고, 앉으십시오.
大家不要站著，請坐吧。
나는 하루 종일 서 있었다.
我站了一整天了。

相關詞彙 앉다（坐）

서로 副 互相

衍生片語 ~돕다（互相幫助），~존중하다（互相尊重）

常用例句 그들 둘은 날이 갈수록 서로 더 친숙해졌다.
兩人一天一天地熟起來了。
서로 너무 떨어져 있다.
彼此相距太遠。

相關詞彙 쌍방（雙方）

서른 數 三十

衍生片語 ~줄에 들어서다（三十出頭），~살（三十歲）

常用例句 내년이면 내 나이도 서른 살이다.
明年我也三十了。
열에 스물을 더하면 서른이다.
10加20等於30。

相關詞彙 삼십（三十）

서울 名 首爾

衍生片語 ~대학교（首爾大學），~특별시（首爾特別市）

常用例句 1988년 올림픽은 서울에서 열렸다.
1998年奧運會是在首爾舉辦的。
서울은 한국의 정치 중심이다.
首爾是韓國的政治中心。

相關詞彙 인천（仁川），수도（首都）

서울역(-驛)[-력] 名 首爾站

衍生片語 ～에 내리다（在首爾站下車）

常用例句 서울역 말고 용산역에서 타야 한다.
不要在首爾站，應該在龍山站乘車。
새벽차로 서울역에 도착하였다.
坐早班車到了首爾站。

相關詞彙 기차역（火車站）

서점(書店) 名 書店

衍生片語 신화～（新化書店）

常用例句 학교 가는 길에 서점에 들러 참고서를 한 권 샀다.
去學校的路上，去書店買了一本參考書。
학교 근처에 서점이 많이 있다.
學校附近有很多書店。

相關詞彙 책 가게（書店），책방（書房）

서쪽(西-) 名 西邊

衍生片語 ～교외（西郊）

常用例句 서쪽에서 해가 뜬다.
太陽打西邊出來了。
동쪽에서 잃고 서쪽에서 얻는다.
在東邊失去，在西邊得到。（失之東隅，收之桑榆。）

相關詞彙 서녘（西邊），서편（西面）

선물(膳物) 名 禮物

衍生片語 ～을 보내다（送禮物），～을 마련하다（準備禮物），～포장（禮品包裝）

常用例句 어린이날을 맞이하여 조카에게 줄 작은 선물을 마련했다.
為了迎接兒童節，給姪子準備了小禮物。
애들에게 줄 선물을 가지고 집에 돌아왔다.
帶著給孩子們的禮物回家了。

相關詞彙 사례（謝意）

선물하다(膳物-) 動 送禮物

衍生片語 책을～（送書），꽃을～（送花）

常用例句 애인에게 꽃을 선물하였다.
給情人送了花。
친구에게 무엇을 선물할까?
給朋友送什麼好呢？

相關詞彙 마음에 들다（喜歡）

선생(先生) 名 先生，老師

衍生片語 진～（陳先生），수학～（數學老師）

常用例句 왕 선생, 어디 가세요?
王先生，去哪兒啊？
선생님, 질문이 있는데요.
老師，我想問個問題。

相關詞彙 교사（教師），스승（師傅）

선생님(先生-) 名 老師（“선생”的尊稱）

常用例句 그는 우리 선생님이시다.
他是我們的老師。
진 선생님은 우리에게 한국어를 가르치신다.
陳老師教我們韓國語。

相關詞彙 스승（老師）

선수(選手) 名 選手，運動員

衍生片語 운동～（運動選手），～선발（選拔運動選手）

常用例句 체조 시합에 참가한 선수는 수백 명이었다.
參加體操比賽的選手有數百名。
이번 올림픽에 세 명의 선수를 파견했다.
派了3名運動選手參加本屆奧運會。

相關詞彙 금메달（金牌）

설거지하다 動 ①洗碗　②收拾

衍生片語 설거지하는 일（洗碗的工作）

常用例句 어머니는 부엌으로 가셔서 설거지하셨다.
媽媽去廚房洗了碗。

相關詞彙 주방（廚房）

► 설명(說明) 名 說明

衍生片語 ～서（說明書），재차～（重申）

常用例句 새 기획안에 대한 설명이 끝나자 질문이 쏟아졌다.
剛闡述完新的企劃案，就有一大堆問題。
그는 아무런 설명도 없이 갑자기 집으로 갔다.
他沒做任何解釋就回家了。

相關詞彙 해설（解釋）

► 설명하다(說明-) 動 說明

衍生片語 원인을～（說明原因），예를 들어～（舉例說明）

常用例句 선생님은 학생들에게 컴퓨터를 어떻게 사용하는지를 설명하셨다.
老師向學生解釋了一下如何使用電腦。
예를 든 후 자세히 설명하였다.
舉例後進行了詳細的說明。

相關詞彙 일러두다（告訴）

► 설악산(雪嶽山)[서락싼] 名 雪嶽山

衍生片語 ～기슭（雪嶽山山腳），～정상（雪嶽山山頂）

常用例句 설악산에 한 번 가 보고 싶다.
想去雪嶽山看看。
설악산은 가을에 가는 것이 제일 좋다.
雪嶽山最好是秋天去。

相關詞彙 백두산（長白山）

► 설탕(雪糖) 名 糖（紅糖、白糖的總稱）

衍生片語 ～을 넣다（放糖）

常用例句 커피에 설탕을 넣는다.
在咖啡裡面加糖。
설탕을 많이 먹으면 몸에 해롭다.
吃太多甜食對身體不好。

相關詞彙 사탕（糖）

성적(成績) 名 ①成績，得分　②成果，業績

衍生片語 시험~（考試成績），~이 오르다（成績上升）

常用例句 작년에 획득한 성적은 금년에도 인정받을 수 있다.
去年獲得的學分今年也可以被承認。
성적이 좋은 학생이라고 해서 좋은 일자리를 찾는 것이 아니다.
並不是成績好的學生就能找到好工作。

相關詞彙 성과（成果），결과（結果）

성함(姓銜) 名 尊姓大名

常用例句 선생님~은 어떻게 되시는지요?
先生，請問您尊姓大名？

相關詞彙 존함（尊姓），성명（姓名），이름（名字）

세(歲) 名 歲（量詞）

衍生片語 5~어린이（五歲兒童）

常用例句 7세에 초등학교에 입학한다.
七歲上小學。
할머니는 올해 만 칠십세이시다.
奶奶今年整整七十歲了。

相關詞彙 살（歲），연세（年歲）

세 冠 三個

衍生片語 ~사람（三個人），~살（三歲）

常用例句 교실에 세 사람밖에 없다.
教室裡只有三個人。
세 살 버릇이 여든까지 간다.
三歲的習性全都帶到八十歲。（三歲看小，七歲看老。）

相關詞彙 삼（三）

세계(世界) 名 全球，世界

衍生片語 ~의 패권（世界霸權），~일주 여행（環球旅行）

常用例句 세계는 넓어서 온갖 별난 일이 다 있다.

世界之大，無奇不有。
꼬마는 항상 미지의 세계를 동경하고 꿈꾼다.
小孩總是憧憬並幻想著未知的世界。

相關詞彙 온 세상（全世界），국제적（國際範圍的）

세수(洗手) 名 洗臉

衍生片語 ～수건（洗臉毛巾），～비누（洗面皂）

常用例句 너무 바빠서 세수도 못하고 출근하였다.
太急了，臉都沒有洗就上班了。
밥 먹기 전에 세수 먼저 해야 한다.
吃飯前要先洗臉。

相關詞彙 세면（洗臉），깨끗하다（乾淨）

세탁기(洗濯機)[끼] 名 洗衣機

衍生片語 ～로 세탁하다（用洗衣機洗），～설명서（洗衣機說明書）

常用例句 빨랫감을 세탁기에 넣고 돌린다.
把要洗的衣服放進洗衣機裡洗。
세탁기가 있어서 빨래하기가 쉽다.
有洗衣機，洗衣服很容易。

相關詞彙 세탁소（洗衣房）

센티미터(centimeter)[-치미더] 名 公分，釐米

衍生片語 ～와 밀리미터（公分和公釐）

常用例句 길이가 350센티미터입니다.
長350公分。
그 남자는 키가 190센티미터이다.
他身高190公分。

相關詞彙 센티（公分）

셋[섿] 數 三

衍生片語 장님이～이면 편지를 본다（三個臭皮匠賽過諸葛亮）

常用例句 이 집은 큰 방이 셋씩이나 딸려 있다.
這個房子有三個大房間。
올해 쉰 살인 그는 아들 셋과 딸 둘이 있다.

今年五十歲的他有三個兒子、兩個女兒。

相關詞彙 삼（三）

셋째[셋-] 冠 第三

衍生片語 ～아들（三兒子），～줄에 앉다（坐第三排）

常用例句 달리기 시합에서 3등으로 들어오다.
他在賽跑中得到第三名。
3·1 운동의 셋째 의미는 평화 정신이다.
「三·一運動」的第三個意義是和平精神。

相關詞彙 제삼（第三）

소개하다(紹介-) 動 介紹，引見，牽線

衍生片語 경험을～（介紹經驗）

常用例句 어머님께 여자 친구를 소개하였다.
把女朋友介紹給母親。

相關詞彙 소개팅（聯誼會）

소금 名 鹽

衍生片語 ～을 치다（撒鹽），～을 넣다（放些鹽），～통（鹽罐）

常用例句 배추를 소금으로 절였다.
用鹽醃了白菜。
삶은 달걀을 소금에 찍어 먹는다.
煮雞蛋沾鹽吃。

相關詞彙 간장（醬油）

소나무 名 松樹，松

衍生片語 ～숲（松林），～잎（松針）

常用例句 송진은 소나무의 진이다.
松脂就是松樹的樹液。
이 산에는 소나무뿐이나.
這座山上只有松樹。

相關詞彙 솔（松樹）

소리 名 聲音，聲息

衍生片語 ～를 낮추다（放低聲音），～지르다（叫嚷）

常用例句 모든 것이 고요하고 아무 소리도 없다.
萬籟俱寂。
쓸데없는 소리 그만 해라.
少說廢話。

相關詞彙 사운드（sound，聲音），목소니（嗓音）

소설책(小說冊) 名 小說

衍生片語 ～을 읽다（讀書），～한 권（一本小說）

常用例句 소설책이 재미있다.
小說很有趣。
나는 소설책을 좋아한다.
我喜歡小說。

相關詞彙 소설（小說），작가（作家）

소파(sofa) 名 沙發

衍生片語 ～에 앉다（坐沙發）

常用例句 소파에 앉아서 라디오를 듣는다.
坐在沙發上聽收音機。
거실에 소파를 놓았다.
在客廳裡放了沙發。

相關詞彙 의자（椅子）

소포(小包) 名 包裹

衍生片語 ～를 부치다（寄包裹），～를 싸다（打包包裹）

常用例句 나는 우체국에 소포 부치러 간다.
我到郵局寄包裹去。
어머니에게 소포가 왔다.
姐姐的包裹寄來了。

相關詞彙 우편물（郵寄物品）

소풍 名 ①出去兜風　②郊遊

衍生片語 야외～（野外郊遊），～을 가다（去郊遊）

常用例句 주말에 같이 소풍을 가자!
週末一起去郊遊吧。
소풍을 다녀왔더니 기분이 많이 좋아졌다.
郊遊回來之後心情好多了。

相關詞彙 산보（散步）

속 名 ①內，裡面　②心　③餡　④內心

衍生片語 사람～（人心），～이 넓다（心胸開闊）

常用例句 주머니 속에 손을 넣는다.
把手放在口袋裡。

相關詞彙 마음（心），심정（心情）

손 名 ①手　②人手　③幫助

衍生片語 ～을 들다（舉手），～이 모자라다（人手不夠）

常用例句 그는 내 손을 꼭 잡았다.
他緊緊地抓住了我的手。
아이는 손을 흔들며 친구에게 인사를 했다.
孩子招手向朋友打了招呼。

相關詞彙 도움（幫助）

손가락[-까-] 名 手指

衍生片語 다섯～（五指），엄지～（大拇指）

常用例句 나는 손가락을 꼽아 가며 수를 헤아렸다.
我掰著手指數數兒。
손가락 사이로 훔쳐보았다.
從指縫裡偷看。

相關詞彙 수지（手指）

손님 名 ①賓客，客人　②旅客

衍生片語 ～을 치르다（招待客人），～을 초청하다（邀請客人）

常用例句 극장에 손님들이 꽉 들어찼다.
劇場裡坐滿了客人。
버스 안은 손님 하나 없이 텅텅 비어 있다.
公車裡空蕩蕩的沒有一位乘客。

相關詞彙 초청하다（邀請），대접하다（接待）

► 쇠고기 名 牛肉

衍生片語 ～를 굽다（烤牛肉），～반찬（牛肉小菜）

常用例句 수입 쇠고기가 한우보다 싸다.
進口牛肉比韓國牛肉便宜。
나는 쇠고기를 먹고 싶다.
我想吃牛肉。

相關詞彙 소（牛），육개장（牛雜碎湯）

► 쇼핑(shopping)(하) 名 購物，逛街

衍生片語 ～을 가다（去購物），아이～（eye shopping，只看不買）

常用例句 아이가 둘이나 있다 보니 쇼핑이 쉽지 않아 주로 배달을 시킨다.
因爲有兩個小孩不方便出去購物，所以主要是網購。
백화점 세일 기간에는 쇼핑하는 사람이 평소보다 많아 매우 혼잡하다.
商店打折期間顧客比平常多，所以顯得很亂。

相關詞彙 구경（參觀）

► 수 名 手段，方法，辦法

衍生片語 ～(가) 좋다（手段高明）

常用例句 그런 수에는 이제 안 넘어간다.
以後再也不會被那樣的技倆給騙了。
좋은 수가 생각났다.
想到一個好辦法。

相關詞彙 수단（手段），수완（手腕）

► 수건(手巾) 名 毛巾，手巾

衍生片語 ～으로 쓰다（當手巾用），세수～（洗毛巾）

常用例句 수건으로 얼굴을 닦았다.
用手巾擦臉。
몸을 수건으로 닦았다.
用毛巾擦身體。

相關詞彙 타월（毛巾）

▶ 수박 名 西瓜

衍生片語 ～씨（西瓜子），～한 덩어리（一塊西瓜）

常用例句 수박 겉 핥기.
只做表面功夫，不求甚解。
수박이 잘 익었는지 쪼개 보았다.
把西瓜切開看看熟了沒。

相關詞彙 호박（南瓜）

▶ 수업(授業) 名 講課

衍生片語 ～하다（授課），～을 받다（聽講）

常用例句 교실에서 학생들이 수업을 받고 있다.
學生們正在教室裡上課。
수업이 끝나자 피곤이 몰려 왔다.
一下課就感到累。

相關詞彙 수강（講課）

▶ 수영(水泳) 名 游泳

衍生片語 ～경기（游泳比賽），～복（泳衣）

常用例句 바다에서 수영을 즐긴다.
喜歡在大海裡游泳。
그녀는 한 달 동안 실내 수영장에서 수영을 배웠다.
她在室內游泳池裡學了一個月的游泳。

相關詞彙 헤엄（游泳），물장난（玩水）

▶ 수영장(水泳場) 名 游泳池

衍生片語 실내～（室內游泳池），실외～（室外游泳池）

常用例句 수영장 물이 목까지 올라 온다.
游泳池的水淹到脖子。
아이들이 수영장에서 수영하며 놀았다.
孩子們在游泳池裡邊游邊玩 。

相關詞彙 풀장（游泳池）

▶ 수요일(水曜日) 名 星期三

衍生片語 ～아침（星期三早上），월요일 또는～（星期一或星期三）

常用例句 그는 수요일을 화요일로 착각하였다.
他把星期三錯當成是星期二了。
당초 계획대로 우리는 수요일 아침에 서울로 돌아왔다.
按照原定計劃，我們在星期三早上回到了首爾。

相關詞彙 월요일（星期一）

숙제(宿題)[-쩨] 名 課外作業，課題

衍生片語 ～를 내다（交作業），～가 많다（作業多）

常用例句 선생님께서 숙제를 꼼꼼히 검사하셨다.
老師仔細地批改了作業。
오래 끌어 온 숙제가 해결되었다.
拖了很久的問題得以解決。

相關詞彙 과제（課題），문제（問題）

숟가락[-까-] 名 湯匙，調羹

衍生片語 ～(을) 놓다（放下湯匙，人死去的一種委婉說法），～을 들다（拿湯匙，吃飯的委婉說法）

常用例句 숟가락으로 밥을 떴다.
用湯匙盛飯。
숟가락으로 된장국을 먹었다.
用湯匙喝湯。

相關詞彙 술（勺），스푼（勺子），숟갈（勺子）

술 名 酒

衍生片語 ～에 취하다（醉酒），～을 끊다（戒酒）

常用例句 술을 잔에 따라 부었다.
往杯裡倒酒。
술에 몹시 취하여 정신을 잃었다.
酒醉得很厲害，神智不清。

相關詞彙 소주（燒酒），술고래（酒鬼）

술 名 勺子

衍生片語 밥 두～（兩勺飯），국 한～（一勺湯）

常用例句 반찬은 없지만 그래도 한술 뜨세요.
雖然沒什麼菜，但多少也請吃一點吧。

그는 겨우 밥 두 술을 떴다.
他好不容易才吞下兩勺飯。

相關詞彙 수저（筷子和勺子）

▶ 쉬다 動 ①休息　②睡覺

衍生片語 쉬는 날（休息的日子）

常用例句 나는 며칠 좀 쉬고 싶다.
我想休息幾天。
오늘은 회사가 쉬는 날이다.
今天是公司休息日。

相關詞彙 휴식하다（休息），놀다（休息，玩）

▶ 쉰 數 五十

衍生片語 쌀～가마（50袋米）

常用例句 아버지 연세가 내일 모레면 벌써 쉰이시다.
過兩天父親就50歲了。
쉰 길 나무도 베면 끝이 있다.
即使50丈的樹也有砍倒的時候。

相關詞彙 오십（50）

▶ 쉽다[-따] 形 ①容易　②很可能

衍生片語 공부하기에 쉽지 않다（不容易學），쉽지 않은 것（不簡單的）

常用例句 이 책의 내용은 다소 쉽다.
這本書的內容多少有點簡單。
좋은 아버지가 되는 것은 쉽지 않은 일이다.
做一個好父親並非易事。

相關詞彙 용이하다（容易），어렵다（難）

▶ 슈퍼마켓(supermarket) 名 超市

衍生片語 대형～（大型超市），～을 열다（開超市）

常用例句 나는 집에 가는 길에 슈퍼마켓에 들러 휴지를 샀다.
在回家的路上我順便到超市買了衛生紙。
슈퍼마켓 하나 여는 데는 많은 돈이 필요하다.
開一家超市需要很多錢。

相關詞彙 시장（市場）

► 스무 冠 二十（用於單位名詞前）

衍生片語 ～살（20歲），～명（20名）

常用例句 올해 내가 스무 살이다.
今年我20歲了。
교실에 학생이 스무 명 있다.
教室裡有20名學生。

相關詞彙 두（二）

► 스물 數 二十

常用例句 나이가 스물이 넘었다.
年齡超過二十歲了。

相關詞彙 이십（20）

► 스키(ski) 名 滑雪

衍生片語 ～를 타다（滑雪），～장（滑雪場）

常用例句 그들은 겨울이면 스키를 즐긴다.
他們冬天喜歡滑雪。
나는 스키를 좋아한다.
我喜歡滑雪。

相關詞彙 스키복（滑雪服）

► 스트레스(stress) 名 壓力

衍生片語 ～를 받다（承受壓力），～를 풀다（消除壓力）

常用例句 아들이 공부에서 스트레스를 많이 받았다.
兒子在學習方面承受了很多壓力。
요즘 사람들은 스트레스가 많다.
最近人們的壓力很大。

相關詞彙 부담（負擔），긴장（緊張），압력（壓力）

► 스포츠(sports) 名 體育運動

衍生片語 육상～（田徑運動），～채널（體育頻道）

常用例句 스포츠 중계 대신 드라마를 방영하기로 했다.

決定中斷體育轉播，改播放連續劇。
스포츠 센터를 착공 2년 만에 준공하였다.
運動中心開工兩年後就竣工了。

相關詞彙 운동（運動）

슬프다 形 悲傷，悲哀，傷心

衍生片語 마음이~（傷心），슬퍼 (서) 죽겠다 （傷心死了）

常用例句 영애는 슬프게 울었다.
英愛傷心地哭了。

相關詞彙 애틋하다（傷情），아프다（悲痛）

시(市) 名 市

衍生片語 ~대항 체육 대회（市體育對抗賽），대련~（大連市）

常用例句 시에서 불우한 청소년들에게 급식비를 보조했다.
市政府給家境不好的青少年補助伙食費。
어제 나는 서울시에 다녀왔다.
昨天我去了一趟首爾市。

相關詞彙 도시（城市）

시(時) 名 時，點

衍生片語 5~30분（5點30分）

常用例句 지금은 세 시가 조금 넘었다.
現在3點剛過一點。
지금 몇 시쯤 되었나요?
現在大約幾點了？

相關詞彙 시각（時刻）

시간(時間) 名 ①時間 ②鐘頭，小時 ③（上幾節）課

衍生片語 ~을 낭비하다（浪費時間），~을 내다 （抽出時間）

常用例句 이 일은 생각보다 시간이 많이 걸린다.
這件事花的時間比想像的要多。
밥 먹을 시간도 없이 바쁘다.
忙得連吃飯的時間也沒有。

相關詞彙 때（時候）

시간(時間) 名 小時

衍生片語 한～동안（一小時內），네～쯤（大約四小時）

常用例句 한 시간이나 기다렸는데 그는 오지 않았다.
等了一個小時但他沒來。
집에서 학교까지는 한 시간이나 걸린다.
從家到學校需要一個小時。

相關詞彙 때（時候），분（分），초（秒）

시계(時計) 名 鐘錶，手錶

衍生片語 ～가 느리다（錶慢），～가 빠르다（錶快），～를 차다（戴手錶）

常用例句 시계가 두 시를 가리킨다.
時鐘指向兩點了。
시계를 보니 벌써 아홉 시가 넘었다.
一看錶，已經過了9點了。

相關詞彙 손목시계（手錶）

시골 名 鄉下，鄉村

衍生片語 ～뜨기（鄉下人），～에 가다（去鄉下）

常用例句 시골에서 온 옛 친구를 만났다.
見到了從鄉下來的老朋友。
이번 주말에 시골에 계신 부모님을 찾아 뵈어야겠다.
這個週末應該去探望一下在鄉下的父母。

相關詞彙 촌（農村），고향（故鄉）

시내(市內) 名 市內，市區，城裡

衍生片語 ～전화（市話），～버스（市內公車）

常用例句 그의 사무실은 시내에 있으면서도 참 조용했다.
他的辦公室雖位居市內但很安靜。
어제 시내로 나갔다.
昨天去市內了。

相關詞彙 도심（市中心），시외（市外）

시원하다 形 ①涼快，涼爽　②痛快，乾脆

衍生片語 시원한 바람（清涼的風），시원하게 대답하다（乾脆地回答）

常用例句 비가 한바탕 내리니, 날씨가 많이 시원해졌다.
下了一場雨，天氣涼快多了。
그 말을 들으니 속이 다 시원하네요.
聽了那些話，心裡舒服多了。

相關詞彙 선선하다（涼爽）

시월(十月) 名 十月

衍生片語 구월과～（9月和10月），～하순（10月下旬）

常用例句 시월은 문화의 달이다.
10月是文化月。
시월에는 한글날이 들어 있다.
10月有韓文節。

相關詞彙 한글날（韓文節），국경절（國慶日）

시작(始作) 名 開始

衍生片語 공연～（演出開始），수업～（開始上課）

常用例句 시작이 반이다.
開始是成功的一半。
이번 일은 시작부터 순조롭게 진행되었다.
這件事從一開始就進行得很順利。

相關詞彙 개시（開始）

시작되다(始作-) 動 開始

衍生片語 공사가～（工程開工），회의가～（會議開始）

常用例句 새로운 한 해가 시작되었다.
新年伊始。
천 리 길도 첫 걸음부터 시작된다.
千里之行始於足下。

相關詞彙 끝나다（結束）

시장(市場) 名 市場

衍生片語 농산물～（農產品市場），～이 열리다（開市）

常用例句 시장에서 반찬거리를 샀다.
在市場上買了食材。
엄마는 시장을 보러 가셨다.
媽媽去市場買東西了。

相關詞彙 장（市場），슈퍼마겟（超市）

► 시험(試驗) 名 ①考試 ②測驗

衍生片語 ～에 합격하다（考試合格），～을 보다（考試）

常用例句 컴퓨터 프로그램을 개발하여 시험하였다.
開發並測試了電腦程式。
그는 대학 수능 시험을 통과했다.
他通過了聯考。

相關詞彙 실험（實驗），테스트（test，考試）

► 식당[-땅](食堂) 名 食堂，餐廳

衍生片語 ～을 차리다（開餐廳），학생～（學生餐廳），구내～（內部餐廳）

常用例句 식당에 들어가 식사를 한다.
進餐廳吃飯。
그 식당의 음식이 맛이 좋다.
那家餐廳的東西很好吃。

相關詞彙 레스토랑（西餐廳），음식점（餐廳）

► 식사(食事)[-싸] 名 吃飯，用餐

衍生片語 ～가 끝나다（用餐結束），～를 시작하다（開始用餐）

常用例句 친구와 식사 약속을 하였다.
和朋友約好了一起吃飯。
식사는 입에 맞고 서비스는 만점이었다.
飯菜可口，服務周到。

相關詞彙 밥（飯，米飯），맛있다（好吃）

► 식사하다(食事-)[-싸-] 動 吃飯

衍生片語 식사하러 나가다（出去吃飯），식사하고 있다（正在吃飯）

常用例句 식구들이 모여 식사하였다.
全家人聚在一起吃了飯。

오늘 저녁에 함께 식사하실까요?
今晚一起吃飯怎麼樣？

相關詞彙 밥먹다（吃飯）

식탁(食卓) 名 飯桌

衍生片語 음식을～에 차리다（把飯菜擺到桌上），～보（餐桌布）

常用例句 식탁에 앉아서 밥을 먹기 시작했다.
坐在桌前開始吃飯。

相關詞彙 책상（書桌）

신다[-따] 動 穿（鞋、襪子）

衍生片語 양말을～（穿襪子），운동화를～（穿運動鞋）

常用例句 발목이 시려서 두꺼운 양말을 신었다.
因為腳踝涼，所以穿了厚襪子。
이런 신발은 작아도 괜찮다. 신다 보면 커진다.
這種鞋小一點沒關係，穿一穿就大了。

相關詞彙 착용하다（穿著），벗다（脫）

신문(新聞) 名 報紙

衍生片語 ～을 보다（看報紙），～을 구독하다（訂閱報紙），～기사（報紙的新聞）

常用例句 그는 요즘 신문 한 장 읽을 시간조차 없다.
他最近連看一張報紙的時間都沒有。
오늘 신문은 아직 배달되지 않았다.
今天的報紙還沒送過來。

相關詞彙 뉴스（新聞），스캔들（緋聞）

신발 名 鞋

衍生片語 ～을 벗다（脫鞋），～을 신다（穿鞋），～장（鞋櫃）

常用例句 신발을 질질 끌고 간다.
拖著鞋走。
나는 친구에게 신발 한 켤레를 사 주었다.
我買了雙鞋給朋友。

相關詞彙 신（鞋），구두（皮鞋）

실례(失禮) 名 失禮

衍生片語 ～를 하다（失禮），～를 범하다（失禮）

常用例句 실례지만 길 좀 물읍시다.
不好意思，我想問一下路。
실례지만, 기차역이 어디에 있습니까?
請問，火車站在哪裡?

相關詞彙 결례（失禮）

실례하다(失禮-) 動 失禮，不禮貌

衍生片語 실례하지만（打擾了），실례했습니다（失禮了）

常用例句 밤늦게 실례를 무릅쓰고 찾아왔습니다.
這麼晚了，冒昧前來找您。
방금 실례했습니다, 양해해 주십시오.
剛才冒犯了，請原諒。

相關詞彙 결례하다（失禮）

싫다[실타] 形 不願意，討厭

衍生片語 싫은 사람（討厭的人），하기～（不願做）

常用例句 비가 오니 나가기가 싫다.
下雨了，不想出去。
나는 수다스러운 사람이 싫다.
我討厭嘮叨的人。

相關詞彙 언짢다（不舒服），불편하다（不便）

싫어하다[시러-] 動 不喜歡，討厭

衍生片語 싫어할 이유는 없다（沒理由討厭），책 읽기를～（討厭讀書）

常用例句 나는 고양이를 싫어한다.
我討厭貓。
나는 매운 음식을 싫어한다.
我不喜歡吃辣的。

相關詞彙 미워하다（憎惡），좋아하다（喜歡）

심심하다 形 ①無聊，沒意思，閒著沒事 ②（味道）淡

衍生片語 입이～（嘴淡）

常用例句 심심해서 라디오를 켠다.
無聊，所以打開收音機。
심심해 죽겠어.
無聊透頂。

相關詞彙 싱겁다（味道淡），재미있다（有意思）

십(十) 數 十

衍生片語 ～원（10韓圜），～미터（10公尺）

常用例句 십 년이면 강산도 변한다.
十年江山也會變樣。（比喻世界上的萬事萬物都是不斷變化的。）
십 번 손님, 앞으로 나와 주십시오.
10號客人，請到前面來。

相關詞彙 열（十）

십이월(十二月)[시비-] 名 十二月

衍生片語 ～에（在12月），음력～하순（農曆十二月下旬）

常用例句 십이월로 접어들었으나 날씨는 여전히 푸근하였다.
雖然進入臘月了，但是天氣依然暖和。
여동생은 십이월에 태어났다.
妹妹是12月出生的。

相關詞彙 섣달（臘月）

십일월(十一月)[시비뤌] 名 十一月

衍生片語 ～에（在11月），음력～중순（農曆十一月中旬）

常用例句 십일월 하순의 밤거리는 스산했다.
十一月下旬的夜路很冷清。
십일월이 가고 십이월로 접어들었다.
十一月過去，進入了十二月。

相關詞彙 신정（元旦）

싶다[십따] 補 ①想 ②好像 ③希望

衍生片語 보고～（想念），가고 싶은 고향（想回的故鄉）

常用例句 나는 대련에 한번 가고 싶다.
我想去一趟大連。
네가 하고 싶은 대로 해라.

你想怎麼做就怎麼做吧。

相關詞彙 고자（想）

▶ **싸다** 形 ①價格便宜　②包　③活該

衍生片語 값이～（價錢便宜），판매 가격이～（售價低廉）

常用例句 값이 싸고 품질도 좋다.
價廉物美。
버르장머리 없는 후배들은 욕을 먹어도 싸다.
後輩們說話沒大沒小的，活該挨罵。

相關詞彙 헐값이다（便宜），값싸다（價格低），저렴하다（低廉）

▶ **싸우다** 動 ①戰鬥　②鬥爭　③吵架，打架

衍生片語 친구와～（和朋友打架），서로～（相互鬥爭）

常用例句 나는 철수와 싸웠다.
我和哲秀吵架了。
그는 견디기 힘든 병마와 싸우고 있다.
他正在和難以克服的病魔戰鬥。

相關詞彙 다투다（打鬥），이기다（勝利）

▶ **쓰다** 動 寫，書寫

衍生片語 붓으로 글자를～（用毛筆寫字），글을～（寫文章）

常用例句 요즘 논문을 쓰느라고 며칠 밤을 꼬박 새웠다.
最近為了寫論文，熬了幾天幾夜了。
아무렇게나 흘려 쓰지 말고 정성껏 또박또박 써라.
不要寫得太潦草，要認認真真一筆一畫地寫。

相關詞彙 적다（書寫），기록하다（記錄）

▶ **쓰다** 動 用，使用

衍生片語 전기를 아껴～（節約用電），돈을～（花錢）

常用例句 큰 인물을 작은 일에 쓴다.
大材小用。
이 책은 학생이 쓰기에 적합하다.
這本書適合學生用。

相關詞彙 채용하다（採用），사용하다（使用），이용하다（利用）

쓰다 動 戴（帽子，眼鏡）

衍生片語 모자를～（戴帽子），안경을～（戴眼鏡）

常用例句 안경을 쓰신 분이 우리 담임 선생님이세요.
戴眼鏡的那位是我們班的導師。
머리에 면사포를 쓴 신부가 입장했다.
戴著面紗的新娘入場了。

相關詞彙 착용하다（穿著）

쓰다 形 苦，痛苦

衍生片語 쓴 약（味苦的藥），나물이～（野菜苦）

常用例句 이 커피는 향기도 없고 쓰기만 하다.
這咖啡沒香味，只有苦味。
여러 번 실패를 경험했지만 언제나 그 맛은 썼다.
雖然經歷了多次失敗，但無論何時那種感覺都是苦澀的。

相關詞彙 쓰디쓰다（苦），괴롭다（痛苦），달다（甜）

쓰레기 名 垃圾

衍生片語 ～를 버리다（丟垃圾），～를 치우다（收拾垃圾），～통（垃圾桶）

常用例句 청소부가 쓰레기를 깨끗이 청소한다.
清潔工把垃圾清掃得很乾淨。
골목마다 쓰레기가 쌓여 있다.
每個巷子都堆著垃圾。

相關詞彙 찌꺼기（渣滓）

씨(氏) 名 氏

衍生片語 김～（金氏，小金），이～（李氏，小李）

常用例句 성씨는 김이고, 본관은 김해이다.
姓金，祖籍金海。
그 일은 김 씨가 맡기로 했다.
那件事決定由小金負責。

相關詞彙 양（小姐）

► 씻다[씯따] 動 洗，洗刷

衍生片語 얼굴을～（洗臉），때를～（洗污垢）

常用例句 손을 씻고 밥을 먹어라.
洗完手再吃飯。
깨끗한 물로 채소를 씻어야 된다.
必須用清水洗蔬菜。

相關詞彙 세척하다（洗滌），더럽다（髒）

아 感 啊

常用例句 아, 정말 잘했다.
啊，眞是太棒了！
아, 슬프다.
啊，眞傷心！

相關詞彙 와（哇）

아기 名 小孩

衍生片語 ～를 돌보다（照顧小孩），～가 울다 （小孩哭）

常用例句 아기가 아장아장 걷는다.
小孩搖搖晃晃地走路。
아기에게 젖을 먹인다.
給小孩餵奶。

相關詞彙 아가（孩子），애기（孩子），애（小孩）

아내 名 妻子，太太

衍生片語 ～를 얻다（娶妻子），～의 원피스（妻子的連身裙）

常用例句 그의 아내는 병이 들었다.
他的老婆病了。
그녀는 한 남자의 아내가 되었다.
她成爲一個男人的妻子。

相關詞彙 처（妻），집사람（家裡的），마누라 （老婆），안사람（內人）

아니 副 不，沒有

衍生片語 ～할 수 없다（不能不做）

常用例句 아니 갈 수 없다.
不能不去。
아니, 네가 어떻게 왔니?
哎喲，你怎麼來了？

相關詞彙 안（不）

아니다 形 不是

衍生片語 학생이～（不是學生）

常用例句 오늘은 내가 청소 당번이 아니야.

今天不是我值日。
그는 군인이 아니다.
他不是軍人。

相關詞彙 예（是）

► 아니요 感 不是

常用例句 아니요, 제가 안 그랬어요.
不是，不是我做的。

相關詞彙 안되다（不可以）

► 아들 名 兒子

衍生片語 귀여운～（可愛的兒子），외동～（獨生子）

常用例句 아버지와 아들이 형제처럼 보인다.
爸爸和兒子看起來像兄弟倆。
사장은 회사 경영권을 아들에게 넘겼다.
社長把公司經營權移交給了兒子。

相關詞彙 자식（兒子），딸（女兒）

► 아름답다[-따] 形 ①美麗，漂亮 ②美好，高尚

衍生片語 아름다운 목소리（美妙的嗓音），아름다운 마음씨（美好的心靈）

常用例句 그곳의 경치는 아름답기로 소문났다.
那個地方因景色優美而出名。
산이 아름답고 물이 맑다.
山青水秀。

相關詞彙 예쁘다（漂亮）

► 아마 副 恐怕，大概，大約

常用例句 아마 그는 동의하지 않을 것이다.
恐怕他不會同意。
아마 그때가 가을이었지.
那時大概是秋天吧。

相關詞彙 혹시（或許）

아무 冠 什麼

衍生片語 ～곳（任何地方），～사람（任何人）

常用例句 교실에 아무도 없다.
教室裡一個人也沒有。
아무 사람이나 만나서는 안 된다.
不能誰都見。

相關詞彙 아무런（任何）

아무 代 某，誰

衍生片語 ～도 없다（沒有人），～나（任何人）

常用例句 아직 아무도 안 왔다.
還沒有人來。
이 일은 아무나 할 수 있다.
這件事誰都能做。

相關詞彙 누구（誰）

아버지 名 父親，爸爸

衍生片語 ～가 되다（成爲父親），～를 찾다（找爸爸）

常用例句 아버지는 화가 나셨다.
爸爸發火了。
나는 좋은 아버지가 되고 싶다.
我想成爲一個好父親。

相關詞彙 부친（父親），선친（先父）

아빠 名 爸爸（小孩用語）

衍生片語 ～의 팔베개（爸爸的臂彎），～의 어깨（爸爸的肩）

常用例句 아빠보다 엄마가 더 좋으니?
和爸爸相比，你更喜歡媽媽？
아빠와 아들이 국화빵이다.
爸爸和兒子就像一個模子刻出來的。

相關詞彙 아버지（爸爸），부친（父親）

아이 名 孩子

衍生片語 ～를 낳다（生小孩），～를 배다（懷了孩子）

常用例句 아이가 갓 태어났다.
孩子剛出生。
공원에서 아이들이 놀고 있다.
孩子們正在公園裡玩。

相關詞彙 어린이（小孩）

아이스크림(ice-cream) 名 冰淇淋

衍生片語 ～을 팔다（賣冰淇淋），딸기～（草莓冰淇淋），～을 혀로 핥다（用舌頭舔冰淇淋）

常用例句 날씨가 더워 아이스크림이 녹았다.
因為天氣熱，冰淇淋化了。
아이들이 아이스크림 가게 앞에 왔다.
孩子們來到了冰淇淋店前。

아저씨 名 叔叔

衍生片語 이웃집～（鄰家大叔），기사～（司機大叔）

常用例句 기사 아저씨, 여기서 세워 주세요.
司機大叔，請在這裡停一下。
아저씨 댁에 인사하러 간다.
去叔叔家拜訪。

相關詞彙 삼촌（叔叔）

아주 副 很，非常

衍生片語 ～오랜 옛날（很久很久以前），～좋다（非常好）

常用例句 이번 시험 문제는 아주 쉽다.
這次考試題目很簡單。
그는 노래를 아주 잘 부른다.
他唱歌唱得非常好。

相關詞彙 매우（非常），꽤（很）

아주머니 名 ①嬸母　②嫂嫂　③阿姨

衍生片語 장 씨～（張大嬸）

常用例句 주인 아주머니가 아주 친절하다.
房東大嬸很熱情。

相關詞彙 숙모（叔母），이모（姨母）

아줌마 名 阿姨

衍生片語 밥하는～（做飯的阿姨），친절한～（和藹的阿姨）

常用例句 아줌마, 물 한 컵 주세요.
阿姨，給我一杯水。
아줌마가 주방에서 일하고 있다.
阿姨正在廚房裡工作。

相關詞彙 아주머님（大嬸），아저씨（大叔）

아직 副 還，尚

衍生片語 ～3시밖에 안 되다（還不到3點），～멀다（還早）

常用例句 동생이 아직 잠을 잔다.
弟弟還在睡。
밥이 아직 덜 됐다.
飯還沒熟。

相關詞彙 여태（仍），여직껏（還是）

아침 名 早上

衍生片語 이른～（大清早），～부터 저녁까지（從早到晚）

常用例句 그는 아침 일찍 일어나는 편이다.
他算是起得早的。
며칠째 아침을 굶었다.
連著好幾天沒吃早餐了。

相關詞彙 저녁（晚上）

아파트(apartment) 名 公寓

衍生片語 ～단지（公寓社區），～상가（住商混合區）

常用例句 이 아파트는 정말 예쁘다.
這棟公寓眞漂亮。
어제 새 아파트가 모두 분양되었다.
昨天新公寓出售一空。

相關詞彙 엘레베이트（電梯），경비실（警衛室）

아프다 形 痛，疼

衍生片語 머리가～（頭痛），눈이～（眼睛痛）

常用例句 그와 헤어져 가슴이 아프다.
因爲和他分手，所以心很難過。
배탈이 나서 배가 아프다.
因爲拉肚子，所以肚子疼。

相關詞彙 고통스럽다（疼痛），낫다（痊癒）

아홉 數 九

衍生片語 ～살（九歲），～명（九名）

常用例句 이 아이는 아직 아홉 살도 안 되었다.
這孩子還不到9歲。
회의는 아홉 시에 시작됩니다.
會議9點開始。

相關詞彙 구（9）

아흔 數 九十

衍生片語 ～ 아홉（九十九），～ 살（90歲）

常用例句 할아버지는 연세가 아흔이신데도 정정하시다.
爺爺雖然90歲了，但是身體很健朗。
아흔 아홉 다음에 백이다.
99之後是100。

相關詞彙 구십（90）

안 副 不

衍生片語 ～춥다（不冷），～가다（不去）

常用例句 사람을 깔보아서는 안 된다.
不准瞧不起人。
비가 안 온다.
沒下雨。

相關詞彙 못（不能）

안 名 ①內，裡　②屋內

衍生片語 극장 ～에 들어가다（進入劇場），지갑 ～에서 돈을 꺼내다（從錢包裡掏錢）

常用例句 한 시간 안에 문제를 다 풀어야 한다.

一小時內必須把題目全做完。
옷은 옷장 안에 넣어라.
把衣服放進衣櫃。

相關詞彙 안쪽（內側），내면（內裡）

안경(眼鏡) 名 眼鏡

衍生片語 ～을 끼다（戴眼鏡），～을 쓰다（戴眼鏡）

常用例句 그는 눈이 나빠서 안경이 없으면 안 된다.
他眼睛不好，所以沒有眼鏡不行。
색안경을 쓰고 상황을 판단하면 안 된다.
不能帶著有色眼鏡看問題做判斷。

相關詞彙 선글라스（太陽眼鏡），렌즈（隱形眼鏡）

안녕하다(安寧-) 形 你好

常用例句 선생님, 안녕하세요?
老師好！
그동안 안녕하셨어요?
這段時間過得好嗎？

相關詞彙 안부（問候），인사（問候）

안녕히(安寧-) 副 平安地

常用例句 안녕히 가십시오.
請走好。
안녕히 계십시오.
請留步。

相關詞彙 편안히（平安地），무사히（安然無恙地）

안다[-따] 動 抱

衍生片語 아기를 품에～（把孩子抱在懷裡），배를 껴 안고 웃다（捧腹大笑）

常用例句 아이를 안아서 의자에 앉혔다.
抱著孩子，讓她坐在椅子上。
꽃다발을 가슴에 안고 사진을 찍었다.
把花束抱在胸前照了張相。

相關詞彙 껴안다（抱）

▶ 안되다 動 不行

衍生片語 잘~(不太好),안되는 일이 없다(沒有不行的事)

常用例句 경기가 안 좋아서 장사가 잘 안된다.
因爲經濟不景氣,生意不太好。
자식이 안되기를 바라는 부모는 없다.
沒有不盼望子女有出息的父母。

相關詞彙 되다(行)

▶ 앉다[안따] 動 坐

衍生片語 의자에~(坐在椅子上),입장하여 ~ (進場入座)

常用例句 모두 자리에 앉으세요.
全體請坐。
바닥에 앉아서 책을 읽는다.
坐在地上讀書。

相關詞彙 자리잡다(坐),서다(站)

▶ 않다[안타] 動 不

衍生片語 말을 않고 떠나다(一聲不響地離開),가지~(不去)

常用例句 꼬마는 세수를 않고 밥을 먹으려고 한다.
小孩子不洗手就要吃飯。

相關詞彙 아니하다(不)

▶ 알다 動 ①知道,明白 ②認爲

衍生片語 알 수가 없다(無從得知),알아야 되다 (應該知道)

常用例句 사람은 많이 알면 알수록 겸손해져야 한다.
人懂得越多,就應該越謙虛。
감기가 들어 음식 맛을 알 수가 없다.
感冒了,所以無從得知飯菜的味道。

相關詞彙 이해하다(理解),모르다(不知道)

▶ 앞[압] 名 前面

衍生片語 ~날(未來),기숙사~(宿舍前)

常用例句 우리는 학교 앞 사거리에서 만나기로 약속했다.
我們約好在學校前的十字路口見面。

우리는 선생님보다 앞에 앉았다.
我們比老師坐得前面。

相關詞彙 앞쪽（前面），뒤（後面）

애인(愛人) 名 情人，愛人，情侶

衍生片語 ～이 생기다（有戀人），～을 구하다（找戀人）

常用例句 저 둘은 애인 사이이다.
我們兩個是情侶關係。
애인이 있어야 결혼을 하지요.
有對象才能結婚嘛。

相關詞彙 정인（情人），커플（情侶）

야구(野球) 名 棒球

衍生片語 ～구경（看棒球），국가 대표～선수（國家棒球隊選手）

常用例句 나는 야구를 잘하는 남자가 좋다.
我喜歡擅長棒球的男人。
형은 운동 가운데서 야구를 가장 좋아한다.
體育運動中哥哥最喜歡棒球。

相關詞彙 축구（足球）

약(藥) 名 藥

衍生片語 ～을 먹다（吃藥），～을 바르다（塗藥）

常用例句 아프면 약을 먹어야 된다.
生病了就應該吃藥。
돈이 없어 약을 살 수 없다.
因爲沒錢，所以買不起藥。

相關詞彙 약품（藥品），치료제（藥）

약국(藥局)[-꾹] 名 藥房

衍生片語 ～에 가다（去藥房），～에서 약을 팔다（在藥房賣藥）

常用例句 감기에 걸려서 약국에서 약을 지어 먹었다.
感冒了，所以在藥房拿了點藥吃了。
약국에 가서 진통제 두 알만 사 오너라.
去藥房買兩片止痛藥。

相關詞彙 약방（藥房），약제사（藥劑師）

► **약속(約束)[-쏙]** 名 ①約定 ②約會

衍生片語 ～을 지키다（遵守約定），～을 어기다 （違反約定）

常用例句 그녀는 약속보다 두 시간이나 늦게 도착했다.
她比約定的時間晚了兩個小時。
그 친구는 약속을 지키지 못했다.
那個朋友沒能遵守約定。

相關詞彙 언약（約定）

► **약속하다(約束-)[-쏘카-]** 動 約好，約定

衍生片語 가기로～（約好去），간다고～（約好說要去）

常用例句 우리는 내일 도서관에서 만나기로 약속하였다.
我們約好明天在圖書館見面。
그 두 연인은 결혼을 약속하였다.
這對戀人說好了要結婚。

相關詞彙 언약하다（約定），지키다（遵守）

► **양말(洋襪)** 名 襪子

衍生片語 ～을 신다（穿襪子），～을 벗다（脫下襪子）

常用例句 오늘 나는 양말 두 켤레를 샀다.
今天我買了兩雙襪子。
이 양말은 아주 두껍다.
這雙襪子很厚。

相關詞彙 스타킹（絲襪）

► **양복(洋服)** 名 西服，制服

衍生片語 ～을 맞추다（訂做西裝），～을 바꿔 입다（換上西裝）

常用例句 어제 나는 양복 한벌을 맞추었다.
昨天我訂做了一套西裝。
오늘은 회의가 있어서 그는 양복을 갈아 입었다.
他因爲今天有會議，所以換上了西裝。

相關詞彙 신사（紳士）

애기 名 談話，說話

衍生片語 ～를 나누다（聊天），～를 털어놓다（暢所欲言）

常用例句 무슨 일인지 얘기나 좀 해 보세요.
請說說到底是什麼事。
친구하고 얘기를 재미있게 나눈다.
和朋友津津有味地聊天。

相關詞彙 이야기（話，故事），말（話）

얘기하다 動 談話，聊天

衍生片語 친구와～（和朋友聊天）

常用例句 나는 아무에게도 그 일을 얘기하지 않았다.
我沒有和任何人說起過這件事。
우리는 얘기하면서 밤을 새웠다.
我們秉燭夜談。

相關詞彙 말하다（說話）

어 感 啊，唉，嗨

常用例句 어, 불이 났다!
啊，著火了！
어, 그렇게 말하지 마!
唉！別這麼說！

相關詞彙 아이구（唉）

어깨 名 肩膀

衍生片語 ～를 으쓱거리다（聳聳肩膀），～를 견주다（併肩）

常用例句 요사이는 어깨가 넓은 옷이 유행이다.
最近很流行寬肩的衣服。
누군가 뒤에서 내 어깨를 툭 쳤다.
有人從後面啪地拍了我肩膀一下。

相關詞彙 다리（腿）

어느 冠 某，哪個

衍生片語 ～분（哪位），～날（某日，某天）

常用例句 너희들은 어느 학교 학생이니?

你們是哪個學校的學生？
산과 바다 가운데 어느 곳을 더 좋아하세요?
高山和大海您較喜歡哪個地方？

相關詞彙 어떤（某個）

► 어디 代 哪裡

衍生片語 ～든지（處處），～서나（隨處，到處）

常用例句 너 어디에 사니?
你住在哪裡？
학교가 어디냐?
學校在哪裡？

相關詞彙 어느 곳（某處）

► 어디 感 哪裡

常用例句 어디, 누가 너를 믿는지 두고 보면 알겠지.
哼，誰會相信你，到時候就知道了。
어떤 이유가더 있는지, 어디 내가 들어 보자.
還有什麼理由我倒想聽一聽。

相關詞彙 그래（好吧）

► 어떠하다 形 怎麼樣

衍生片語 어떠한 사람（什麼樣的人）

常用例句 책의 내용이 어떠합니까?
書的內容怎麼樣？

相關詞彙 어떻다（怎樣）

► 어떤 冠 ①某，誰 ②有的

衍生片語 ～ 사람（某個人），～ 때（有時）

常用例句 그사람 어떤 사람입니까?
他是什麼樣的人？
어떤 사람은 성질이 급하고 어떤 사람은 성질이 느긋하다.
有人性子急，有人性子慢。

相關詞彙 어떠한（什麼樣的）

► 어떻다[-떠타] 形 怎麼樣

衍生片語 어떤지 모르겠다（不知道怎麼樣），어떻게（怎麼樣）

常用例句 이렇게 하면 어떨까요?
這樣做怎麼樣？
요즈음 어떻게 지내십니까?
最近過得怎麼樣？

相關詞彙 어떡하다（怎麼樣）

► 어렵다[-따] 形 難，困難

衍生片語 생활이～（生活困難），어려운 살림（窮困潦倒的生活）

常用例句 시험 문제가 어렵다.
考試題目很難。
이 책은 중학생인 내가 읽기에는 너무 어렵다.
對於我這個國中生來說，這本書讀起來太難了。

相關詞彙 까다롭다（不好辦），수다（不簡單，容易）

► 어른 名 大人，成人

衍生片語 장인～（岳父），～인 체하다（裝大人）

常用例句 아이가 자라 어른이 된다.
孩子長大成人。
사리가 어른처럼 밝다.
像大人一樣明事理。

相關詞彙 성인（成人），어린이（小孩子）

► 어린이[-리니] 名 兒童

衍生片語 ～목소리（童聲），～배우（童星），～집（幼兒園）

常用例句 어린이는 어둠을 무서워한다.
小孩子怕黑。

相關詞彙 아이（孩子），유아（幼兒）

► 어머니 名 媽媽，母親

衍生片語 ～의 날（母親節），영희네～（英姬媽媽）

常用例句 우리 어머니께서 주무신다.
我媽媽睡了。

며칠 뒤면 어머니의 회갑이다.
過幾天就是媽媽的六十歲生日了。

相關詞彙 모친（母親），자당（令堂）

► 어서 副 快，趕快

常用例句 어서 오세요!
歡迎光臨!
어서 앉으십시오.
快請坐。

相關詞彙 속히（馬上），빨리（快）

► 어제 名 副 昨天

衍生片語 ～아침（昨天早上），～밤（昨天晚上）

常用例句 어제 우리가 이미 만났다.
昨天我們已經見過面了。
어제가 어머님 생신이었다.
昨天是我媽媽的生日。

相關詞彙 전날（昨天），오늘（今天），내일（明天）

► 언니 名 姐姐

衍生片語 사촌～（表姐，堂姐），큰～（大姐）

常用例句 그 집의 두 딸 가운데 언니가 동생보다 예쁘다.
那家的兩個女兒中，姐姐比妹妹漂亮。
우리 언니가 공부를 잘한다.
我姐姐學得很好。

相關詞彙 누이（姐姐），누님（姐姐）

► 언제 代 副 什麼時候

衍生片語 ～부터（何時開始），～까지（何時結束）

常用例句 너는 상해에서 언제 돌아왔어?
你是什麼時候從上海回來的？
언제 결혼해요?
什麼時候結婚？

相關詞彙 어느때（某個時候）

언제나 副 總是

衍生片語 ～변함없이（一成不變地），～겸손하다 （總是很謙虛）

常用例句 고향에 계신 어머님이 언제나 그립다.
總是想念家鄉的母親。

相關詞彙 언제든지（總是）

얼굴 名 臉

衍生片語 ～에 웃음을 띠다（面帶笑容），～을 씻다（洗臉）

常用例句 나는 술을 조금만 마셔도 얼굴이 달아오른다.
我稍微喝一點酒臉就會紅。
그녀는 얼굴에 로션을 발랐다.
她在臉上塗了乳液。

相關詞彙 낯（臉），안면（顏面，臉部）

얼마 名 多少

衍生片語 ～든지（無論多少），～나（多少）

常用例句 쌀이 얼마나 남아 있습니까?
還剩多少米？
이 구두 값이 얼마예요?
這雙皮鞋多少錢？

相關詞彙 얼마큼（多少）

얼마나 副 ①多少 ②多麼

衍生片語 ～좋길래（多麼好），～예쁘든지（多麼美）

常用例句 얼마나 있는지 좀 세어 보십시오.
數數看還有多少？
수술 비용이 얼마나 들까요?
手術費用要多少？
제가 아빠를 얼마나 사랑하는지 아세요?
您知道我有多愛我爸爸嗎？

相關詞彙 어느 정도나（什麼樣的程度）

엄마 名 媽媽

常用例句 우리 엄마는 선생님이야.

我媽媽是老師。
엄마, 학교 다녀왔습니다.
媽媽，我放學回來了。

相關詞彙 어머니（媽媽），어머님（媽媽），모친（母親），자당（令堂）

없다[업따] 形 沒有

衍生片語 집에～（不在家），재미～（沒意思）

常用例句 방안에 사람이 없다.
屋裡沒有人。
그가 모르는 일은 없다.
沒有他不知道的。

相關詞彙 전무하다（全無），있다（有）

에어컨(air conditioner) 名 空調

衍生片語 ～을 켜다（打開空調），～을 끄다（關上空調）

常用例句 이 방에는 이미 에어컨이 설치되었다.
這個房間已經裝上了空調。
에어컨을 켜니 금세 방 안이 시원해졌다.
打開空調，房裡馬上就變得涼快了。

相關詞彙 선풍기（電風扇）

여권(旅券)[-꿘] 名 護照

衍生片語 ～을 신청하다（申請護照），～을 발급받다（領取護照）

常用例句 오늘 내 여권이 나온다.
今天我的護照要出來了。
언제 여권을 분실했습니까?
您什麼時候遺失護照的？

相關詞彙 패스포트（護照），비자（簽證）

여기 代 這兒

衍生片語 ～에 있다（在這裡），～저기（到處，處處）

常用例句 풍경은 여기가 비할 바 없이 좋다.
這裡的風景無與倫比。
여기가 바로 내 고향이다.
這裡就是我的故鄉。

相關詞彙 이곳（這裡），저기（那裡）

여덟[-덜] 數 八

衍生片語 ～개（8個），～명（8名）

常用例句 넷에 넷을 더하면 여덟이다.
4加4等於8。
열여덟 살인데, 눈치가 있어야지.
都18歲了，該要會看人臉色了。

相關詞彙 팔（八）

여동생(女同生) 名 妹妹

衍生片語 제～（我的妹妹）

常用例句 그는 밑으로 여동생이 둘 있다.
他下面有兩個妹妹。
여동생이 이쁘게 생겼다.
妹妹長得很漂亮。

相關詞彙 누이동생（妹妹），남동생（弟弟）

여든 數 八十

衍生片語 ～개（80個），～명（80名）

常用例句 그는 올해 여든 살이다.
他今年80歲。
할머니는 여든이 넘으셨지만 아주 건강하시다.
奶奶雖然年過80了，但是身體很健康。

相關詞彙 팔십（八十）

여러 冠 許多，各

衍生片語 세계～나라（世界上許多國家），～가지 직업（各行各業）

常用例句 우리는 꽤 여러 해 동안 만나지 못했다.
咱們眞是好幾年沒見了。
여러 가지 상품이 잘 갖추어져 있다.
各種貨物，一應俱全。

相關詞彙 가지가지（各種各樣），갖가지（各式各樣）

여러분 代 諸位，各位

衍生片語 신사 숙녀～（女士們先生們），어린이～（各位小朋友）

常用例句 여러분! 이걸 보십시오.
各位，請看這裡。
어떻게 했으면 좋을지 여러분의 의견을 듣고 싶습니다.
怎麼做才好，想聽聽各位的意見。

相關詞彙 다들（大家）

여름 名 夏天

衍生片語 ～이 오다（夏天來了），～휴가（暑假）

常用例句 나는 여름을 타는 편이다.
我有點怕熱。
올해 여름은 유난히 덥다.
今年夏天天氣格外炎熱。

相關詞彙 덥다（熱），에어콘（空調）

여보세요 感 喂（招呼的聲音）

常用例句 여보세요, 누구십니까?
喂，請問您是哪位？
여보세요! 어디로 가십니까?
喂! 先生! 您上哪兒啊？

相關詞彙 이봐요（喂）

여섯[-섣] 數 六

衍生片語 ～차례（6次），～개의 사과（6個蘋果）

常用例句 이번 달에 읽어야 할 책이 여섯 권이나 된다.
這個月有6本書要讀。
그 집안에 딸이 여섯 명 있다.
那一家有6個女兒。

相關詞彙 육（6）

여자(女子) 名 女的，女職員

衍生片語 ～가수（女歌手），～친구를 사귀다（交女友）

常用例句 그녀는 이미 약혼자가 있는 여자였다.

她那時已經有未婚夫了。
그는 어딘가 여자같이 생겼고 말을 할 때도 수줍음을 탄다.
他長得有點像女人，說話還有點靦腆。

相關詞彙 여인（女人），여성（女性），남자（男人）

여학생(女學生)[-쌩] 名 女學生

衍生片語 예쁜～（漂亮的女學生），～이 많다（女學生多）

常用例句 우리 반에는 여학생이 13 명 있다.
我們班有13名女學生。

相關詞彙 남학생（男學生）

여행(旅行) 名 旅遊

衍生片語 신혼～（新婚旅行），～을 떠나다（去旅行）

常用例句 시험이 끝나면 친구들과 제주도로 여행을 갈 생각이다.
考試結束後打算和朋友一起到濟州島旅遊。
여행을 마치고 집으로 돌아왔다.
旅行結束後回到了家。

相關詞彙 유람（遊覽），해외여행（海外旅行）

여행하다(旅行-) 動 旅遊，旅行

衍生片語 전국을～（周遊全國），세계를～（周遊世界）

常用例句 기차를 타고 유럽을 여행하였다.
搭火車到歐洲去旅行了。
올여름에는 식구들과 남해안을 여행하기로 했다.
今年夏天決定和家人一起到南海岸旅行。

相關詞彙 바람을 쐬다（兜風），여행가다（去旅行）

역(驛) 名 站

衍生片語 기차～（火車站），서울～（首爾站）

常用例句 다음 역은 어디입니까?
下一站是哪裡？
열차가 역에 들어왔다.
列車進站了。

相關詞彙 정거장（車站）

역사(歷史) 名 歷史

衍生片語 ～를 기록하다（記錄歷史），～소설（歷史小說）

常用例句 우리나라는 반만년의 역사를 가지고 있다.
我國有五千年的歷史。
역사상 전례가 없다.
史無前例。

相關詞彙 춘추（春秋），청사（青史）

연습(練習) 名 練習

衍生片語 피아노～（鋼琴練習），～문제（練習題）

常用例句 가을 공연을 위한 연극 연습을 시작했다.
為了秋天的演出，開始練習話劇了。
한국어를 유창하게 하기 위해서는 많은 연습이 필요하다.
想要把韓語說得流暢，就需要多練習。

相關詞彙 연수（研習）

연습하다(練習-)[-스파-] 動 練習

衍生片語 붓글씨를～（練毛筆字），기타를～（練吉他）

常用例句 혼자서 그림을 연습했다.
獨自練習了畫畫。
학생들이 합창 대회에서 부를 곡을 연습했다.
學生們練習了在合唱會上要演唱的歌曲。

相關詞彙 익히다（熟練）

연필(鉛筆) 名 鉛筆

衍生片語 ～을 깎다（削鉛筆），～을 사다（買鉛筆）

常用例句 공책에 연필로 글씨를 쓴다.
用鉛筆在筆記本上寫字。
연필 좀 빌려 주세요.
請借我枝鉛筆。

相關詞彙 펜슬（pencil，鉛筆），필기구（鉛筆）

열 數 十

衍生片語 열 배（十倍），열 손가락（十指）

常用例句 여덟에 둘을 더하면 열이 된다.
8加2等於10。
모인 사람은 모두 열 명이다.
集合的人一共10名。

相關詞彙 십（10）

열다 動 開（門）

衍生片語 창문을～（打開窗户），마음을～（敞開心扉）

常用例句 회의를 열어서 다수결로 결정합시다.
開會，以少數服從多數來做決定。
문을 활짝 열어 놓고 있다.
大門敞開。

相關詞彙 개방하다（開放），닫다（關）

열쇠[-쐬] 名 鑰匙

衍生片語 ～를 꺼내다（掏鑰匙），자물쇠에 ～를 꽂다（把鑰匙插在鎖上）

常用例句 열쇠로 자물쇠를 연다.
用鑰匙開鎖。
대문 열쇠가 없어서 담을 넘어 들어왔다.
因爲沒有大門鑰匙，所以翻牆而入。

相關詞彙 키（key，鑰匙），자물쇠（鎖頭）

열심히(熱心-)[-씸-] 副 用心地，積極地

衍生片語 ～ 노력하다（勤奮努力），～배우다（用心學）

常用例句 회사에서 열심히 일 한다.
在公司努力工作。

相關詞彙 열렬히（熱烈地）

영국(英國) 名 英國

衍生片語 ～으로 유학가다（去英國留學），～신사 （英國紳士）

常用例句 런던은 영국의 수도이다.
倫敦是英國的首都。
영국에 여행을 다녀왔다.
去英國旅行了一趟。

相關詞彙 유럽（歐洲）

► 영어(英語) 名 英語

衍生片語 ～를 전공하다（專業是英語），～를 배우다（學習英語）

常用例句 나는 영어를 잘한다.
我的英語很好。
영어로 써 주십시오.
請用英文書寫。

相關詞彙 중국어（中文）

► 영화(映畫) 名 電影

衍生片語 ～를 보다（看電影），～를 상영하다 （放映電影）

常用例句 나는 영화를 좋아한다.
我喜歡電影。
영화관에서 여러 편의 각국 영화를 상영했다.
電影院裡上映了許多來自各國的影片。
우리는 영화관 앞에서 만나기로 했다.
我們約好在電影院前見面。

相關詞彙 무비（movie，電影），활동사진（電影的舊稱）

► 옆[엽] 名 旁邊

衍生片語 ～에서 도와주다（在一旁幫忙），～으로 피하다（躲在一旁)

常用例句 친구와 회사 옆 커피숍에서 만나기로 했다.
和朋友約好在公司旁的咖啡廳見面。
나는 네 옆에 항상 있다.
我始終在你身邊。

相關詞彙 곁（旁邊）

► 예 感 是

常用例句 예, 알겠습니다.
是，我知道了。
연달아 ‘예예’하고 대답했다.
連聲回答「是」。

相關詞彙 네（是）

예쁘다 形 漂亮

衍生片語 얼굴이~（臉蛋漂亮），예쁜 꽃（漂亮的花）

常用例句 집이 참 예쁘군요.
家裡眞漂亮。
그 여자는 예쁘지는 않지만 마음이 착하다.
她雖然不漂亮，但心地善良。

相關詞彙 곱다（漂亮），아름답다（美麗）

예순 數 六十

衍生片語 ~살（60歲）

常用例句 올해로 나이가 예순이다.
今年60歲。
내 아버지는 아직 예순도 안 되셨다.
我爸爸還不到60歲。

相關詞彙 육십（60）

옛날[옌-] 名 古時候，昔日

衍生片語 ~버릇（老習慣），~물건（舊的東西），~사진（老照片）

常用例句 책 속에서 옛날 사진을 발견했다.
在書裡發現了過去的照片。
우리나라는 옛날부터 동방예의지국이라 불렸다.
我國自古以來被稱爲「東方禮儀之邦」。

相關詞彙 과거（過去），고대（古代）

오 數 五

衍生片語 ~분의 일（五分之一），~미터（5米）

常用例句 삼 더하기 이는 오이다.
3加2等於5。
나는 이 건물 오층에 산다.
我住在這棟樓的五樓。

相關詞彙 다섯（五）

오늘 名 今天

衍生片語 ~날씨（今天的天氣），~요리（今天的菜肴）

常用例句 오늘이 첫 출근 날입니다.
今天是上班的第一天。
오늘부터 열심히 공부할 거야.
從今天開始要努力用功。

相關詞彙 금일(今日)

오다 補 表示持續

衍生片語 살아~(活下來),써~(一直在用)

常用例句 날이 밝아 왔다.
天亮了起來。

오다 動 來

衍生片語 눈이~(下雪),손님이~(來了客人)

常用例句 봄이 왔다.
春天來了。
집에 소포가 왔다.
包裹寄來家裡。

相關詞彙 도착하다(到),도달하다(到達),가다(去)

오래 補 好久,許久

衍生片語 ~동안(很長一段時間),~되다(古老,陳舊)

常用例句 내가 그녀와 교제한 지 오래되었다.
我和她交往好久了。
오래 일기를 쓰지 않았다.
好久沒寫日記了。

相關詞彙 오랫동안(很久)

오래간만 名 好久

衍生片語 ~에(隔了很久),~이다(久違了)

常用例句 오래간만이다.
好久不見了。
옛 친구를 오래간만에 만났다.
見到了很久沒見的老朋友。

오랜만[-랜] 名 好久

衍生片語 ～이다（好久不見）

常用例句 정말 오랜만에 비가 내렸다.
真的好久沒下雨了。
오랜만에 가 본 고향은 많이 변해 있었다.
事隔許久回到故鄉，故鄉變化很大。

相關詞彙 오랜간만（好久）

오렌지(orange) 名 柳丁，柳橙

衍生片語 ～주스（柳橙汁）

常用例句 오렌지의 껍질을 까서 먹는다.
剝掉柳丁皮吃柳丁。
나는 오렌지를 가장 좋아한다.
我最喜歡柳丁。

相關詞彙 귤（橘子）

오르다 動 ①上 ②登（山）

衍生片語 물가가～（物價上漲），산에～（爬山）

常用例句 배에 오르기 전에 표를 사야 한다.
上船之前要買票。
옥상에 올라 하늘을 바라보았다.
爬上屋頂仰望了天空。

相關詞彙 내리다（下）

오른쪽 名 右邊

衍生片語 ～발（右腳），～손（右手）

常用例句 오른쪽으로 돌아가시면 됩니다.
向右轉就行了。
우리는 오른쪽 아래 에 있는 화살표를 눌렀다.
我們按下了右下角的箭頭。

相關詞彙 왼쪽（左）

► 오빠 名 哥哥（妹妹稱）

衍生片語 작은～（小哥），친～（親哥哥）

常用例句 우리 오빠는 아버지를 빼닮았다.
我的哥哥長得很像爸爸。
옆집 사는 오빠와 사이좋게 지낸다.
和鄰家哥哥相處得很好。

相關詞彙 오라버니（哥哥）

► 오십(五十) 數 五十

衍生片語 ～년（50年），～미터（50米）

常用例句 단체 마라톤 대회에서 그는 오십 등을 했다.
他在團體馬拉松比賽中贏得了第五十名。
나이가 오십에 가깝다.
年近半百。

相關詞彙 쉰（50）

► 오월(五月) 名 五月

常用例句 오월이 이미 되었다.
已經5月了。
나는 오월에 태어났다.
我是5月出生。

相關詞彙 유월（6月）

► 오전(午前) 名 上午

衍生片語 ～8시（上午8點），～에（在上午）

常用例句 토요일에는 수업이 오전에 끝난다.
星期六的課在上午結束。
오전에 거리에 나가 쇼핑을 했다.
上午上街購物了。

相關詞彙 상오（上午），오후（下午）

► 오후(午後) 名 下午

衍生片語 ～에（在下午），～두 시（下午兩點）

常用例句 오후 5시부터 저녁 식사 시간이다.
從下午5點開始是晚餐時間。
오늘 오후 다섯 시로 약속을 잡았다.
約在今天下午5點鐘。

相關詞彙 하오（下午），오전（上午）

올라가다 動 上去

衍生片語 값이~（漲價），서울에~（去首爾）

常用例句 그는 5층으로 올라갔다.
他上五樓了。
그의 성적이 반에서 1등으로 올랐다.
他的成績上升到全班第一名。

相關詞彙 오르다（上），내려가다（下去）

올해 名 今年

衍生片語 ~여름（今年夏天），~나이（今年的年齡）

常用例句 올해는 비가 많이 왔다.
今年多雨。
올해도 풍년이다.
今年也是豐收的一年。

相關詞彙 금년（今年）

옷[옫] 名 衣服

衍生片語 ~을 입다（穿衣服），~을 벗다（脫衣服）

常用例句 비에 옷이 젖었다.
衣服被雨淋濕了。
그 옷은 너한테 잘 어울린다.
那件衣服很適合你。

相關詞彙 의복（衣服），복장（服裝）

왜 副 爲什麼

常用例句 왜 미리 연락(얘기) 안했어요?
爲什麼沒事先聯絡？
방 안이 왜 이렇게 캄캄하지?
屋裡怎麼這麼黑？

相關詞彙 어째서（爲什麼）

왜냐하면 副 因爲

常用例句 우리는 그에게 배워야 한다. 왜냐하면 그는 경험이 많기 때문이다.
我們要向他學習，因爲他經驗多。
나는 그의 실패를 탓하지 않았다. 왜냐하면 그는 최선을 다했기 때문이다.
我沒有責怪他的失敗，因爲他已經盡力了。

相關詞彙 -기 때문이다（因爲）

외국(外國) 名 外國

衍生片語 ～으로 가다（到國外去），～에서 살다（在外國生活）

常用例句 삼촌이 외국으로 이민 갔다.
叔叔移民去國外了。
그는 외국 유학을 가기로 했다.
他決定去國外留學。

相關詞彙 이국（異國），타국（他國）

외국어(外國語) 名 外語

衍生片語 ～전공（外語專業），～를 배우다（學習外語）

常用例句 그는 외국어 두 가지를 배우고 있다.
他在學兩門外語。
외국어를 자유자재로 구사하기란 쉽지 않다.
隨心所欲地運用外語並不容易。

相關詞彙 타국어（他國語）

외국인(外國人) 名 外國人

衍生片語 ～선교사（外國傳教士），～전문가（外籍專家）

常用例句 그는 외국인이다.
他是外國人。
나는 외국인 친구가 많다.
我有很多外國朋友。

相關詞彙 타국인（他國人）

외롭다 形 孤單，孤零零

衍生片語 ～쓸쓸하다（孤寂），외로운 밤（孤單的夜晚）

常用例句 그녀는 외롭게 혼자 산다.
她孤零零地一個人生活。
너마저 떠나면 나 혼자 외로워서 어쩌니.
連你都走了，我一個人孤零零的怎麼辦？

相關詞彙 고독하다（孤獨）

외출하다(外出-) 動 出去，出門，外出

衍生片語 외출한 사람（外出人員），외출할 때（外出的時候）

常用例句 나는 오늘 외출하려 한다.
我今天要外出。
그는 방금 외출했다.
他剛出去了。

相關詞彙 출입하다（出入）

외투(外套) 名 外套，大衣

衍生片語 ～를 걸치다（披上外套），～를 벗다（脱外套）

常用例句 밖이 추우니 외투를 입고 나가세요.
外面冷，穿上大衣再出去吧。
정장 차림에 이 외투는 안 어울린다.
這件外套不能和正式西裝同時穿。

相關詞彙 겉옷（外衣），코트（coats，外套）

왼쪽 名 左邊

衍生片語 ～으로 통행하다（左側通行），～으로 돌다（向左轉）

常用例句 왼쪽에는 노부인이 한 사람 앉아 있다.
左邊坐著一位老太太。
그는 계속 왼쪽을 돌아보았.
他不斷地往左看。

相關詞彙 왼편（左邊），오른쪽（右邊）

요리(料理) 名 菜

衍生片語 ～를 주문하다（點菜），～를 만들다（做菜），～책（菜單）

常用例句 우리 엄마는 요리 솜씨가 아주 좋다.
我媽媽做菜的手藝很好。
나는 중국 요리를 좋아한다.
我喜歡中餐。

相關詞彙 음식（食物），반찬（菜肴）

요리하다(料理-) 動 做菜，烹調

衍生片語 요리하는 방법（烹調方法）

常用例句 어머니는 부엌에서 요리하고 계신다.
媽媽正在廚房炒菜。
나는 요리하는 것을 좋아한다.
我喜歡烹飪。

相關詞彙 조리하다（做菜，烹飪）

요일(曜日) 名 星期

衍生片語 토～（星期六），화～（星期二）

常用例句 오늘은 무슨 요일입니까?
今天星期幾？
오늘은 금요일입니다.
今天星期五。

相關詞彙 주일（星期）

요즈음 名 近來，最近

衍生片語 ～통 안 보이다（最近根本見不到面）

常用例句 요즈음은 영화를 거의 보지 못했다.
最近幾乎沒看電影。
그는 요즈음 들어 매우 바쁘다.
他近來工作很忙。

相關詞彙 최근（最近）

요즘 名 近來，最近

常用例句 그는 요즘 매일 아침 운동을 한다.
他近來每天早上都鍛鍊身體。
요즘 감기가 유행이다.
最近感冒很流行。

相關詞彙 근래（近來），최근（最近）

우리 代 我們

衍生片語 ～나라（我國），～엄마（我媽媽）

常用例句 내일 우리 학교에서 졸업식을 거행한다.
明天我們學校舉行畢業典禮。
당신 마침 잘 왔어요, 우리 상의해 봅시다.
你來得正好，我們商量一下。

相關詞彙 우리들（我們），저희（我們）

우리나라 名 我國

衍生片語 ～풍속（我國的風俗），～사람（我國人民）

常用例句 우리나라의 역사는 반만 년에 이른다.
我們國家的歷史長達五千年。
우리나라는 사계절이 뚜렷하다.
我國四季分明。

相關詞彙 본국（本國）

우산(雨傘) 名 雨傘

衍生片語 ～을 펴다（撐開雨傘），～을 쓰다（用傘）

常用例句 우기에는 외출할 때에 항상 우산을 갖고 다녀야 한다.
雨季出門時要常帶雨傘。
나는 친구한테 우산을 빌렸다.
我從朋友那裡借了把傘。

相關詞彙 양산（陽傘），비맞다（淋雨）

우선(于先)(優先) 副 先，首先，先行

衍生片語 ～신청하다（首先報名），～적으로 고려하다（優先考慮）

常用例句 우선 초안을 잡은 뒤에 써라.
你先擬個稿再寫。
이 집은 매사가 아들 우선이었다.
這一家人每件事都以兒子為先。

相關詞彙 먼저（首先），미리（事先）

우유(牛乳) 名 牛奶

衍生片語 ～를 사다（買牛奶），～를 마시다（喝牛奶）

常用例句 그는 우유와 빵으로 아침 식사를 했다.
他早餐喝了牛奶，吃了麵包。
나는 우유를 좋아한다.
我喜歡牛奶。

相關詞彙 밀크（milk，牛奶），소（牛）

우주(宇宙) 名 宇宙，太空

衍生片語 ～비행（太空飛行），～를 탐험하다（宇宙探險），～인（太空人）

常用例句 인간을 우주에 보낸다.
把人類送到太空。
우주에 관하여 연구한다.
針對宇宙進行研究。

相關詞彙 천지（天地），인하계（銀河系）

우체국(郵遞局) 名 郵局

衍生片語 ～에 가다（去郵局），～사서함（郵局信箱）

常用例句 외출하는 길에 우체국에 들러 소포를 부쳤다.
出門時順便去郵局寄了包裹。
우리 집은 우체국 옆에 있다.
我家在郵局旁邊。

相關詞彙 우체부（郵差）

우표(郵票) 名 郵票

衍生片語 ～수집（集郵），～를 붙이다（貼郵票）

常用例句 편지 봉투에 우표를 붙였다.
在信封上貼了郵票。
편지를 썼으나 우표가 없어 편지를 부치지 못했다.
信是寫了，但是沒有郵票沒寄成。

相關詞彙 편지（信），봉투（信封），붙이다（貼）

운동(運動) 名 運動

衍生片語 아침～에 나서다（去晨間練習），절약～을 벌이다（展開節約運動）

常用例句 적당한 운동은 건강에 좋다.
適當的運動有益健康。
언니는 평화 통일 운동에 참여하였다.
姐姐參加了和平統一運動。

相關詞彙 스포츠（sport，運動），건강（健康）

운동장(運動場) 名 體育場，操場

衍生片語 ～이 넓다（運動場很寬敞），～에 가다（去運動場）

常用例句 초등학교 운동장에서 운동회가 열렸다.
在小學運動場上舉行了運動會。
운동장에서 축구를 한다.
在運動場上踢足球。

相關詞彙 경기장（體育場）

운동하다(運動-) 動 ①運動 ②鍛鍊身體

衍生片語 자주～（經常運動）

常用例句 나는 매일 아침에 운동한다.
我每天早晨都鍛鍊身體。
아침마다 공원에서 운동한다.
每天早上在公園運動。

相關詞彙 조깅（慢跑）

운동화(運動靴) 名 運動鞋

衍生片語 ～를 신다（穿運動鞋），～를 벗다（脱運動鞋）

常用例句 아이는 새 운동화를 신고 신나게 뛰고 있다.
孩子們穿著新運動鞋高興地跑著。
운동화가 벗겨졌다.
運動鞋被脱掉了。

相關詞彙 구두（鞋子）

운전(運轉) 名 駕駛

衍生片語 ～면허증（駕駛執照），자동차～（汽車駕駛）

常用例句 음주 운전은 위험하다.
酒後駕車很危險。
나는 운전 면허증을 땄다.
我考到駕照了。

相關詞彙 차（車）

운전하다(運轉-) 動 駕駛，開車

衍生片語 자동차를～（開汽車），비행기를～（駕駛飛機）

常用例句 자동차를 운전할 줄 안다.
會開車。
오토바이를 운전할 줄 모른다.
不會騎摩托車。

相關詞彙 몰다（駕駛）

울다 動 哭

衍生片語 목 놓아～（放聲大哭），어린아이가～（小孩哭）

常用例句 그 아이가 갑자기 울었다.
那個小孩突然哭了。
그녀가 목 놓아 운다.
她放聲大哭。

相關詞彙 웃다（笑）

웃다[욷따] 動 笑

衍生片語 싱글벙글～（眉開眼笑），웃는 모습（笑的樣子）

常用例句 아머님은 껄껄 웃으셨다.
媽媽咯咯地笑了。
왜 웃어?
笑什麼啊！

相關詞彙 웃음짓다（笑），미소짓다（微笑）

원 名 圜（韓幣單位）

衍生片語 50～（50韓圜），만～짜리 지폐（面額爲1萬韓圜的紙幣）

常用例句 나는 5000원밖에 없다.
我只有5000韓圜。
오늘 친구에게 10만 원을 빌려주었다.
今天借給了朋友10萬韓圜。

월(月) 名 月

衍生片語 ～급（月薪），～평균（月平均）

常用例句 1년은 12개월로 나뉘어진다.
一年有12個月。
생활비가 월 백만 원이 든다.
生活費一個月花100萬韓圜。

相關詞彙 달（月）

월요일(月曜日)[워료-] 名 星期一

衍生片語 ～아침（星期一早上），～저녁（星期一晚上）

常用例句 그는 월요일 저녁에 왔다.
他星期一晚上來了。
주말 잘 보내고 월요일에 만납시다.
週末好好地玩，星期一再見了。

위 名 上

衍生片語 ～로 올라가다（往上走），식탁～（飯桌上）

常用例句 책을 탁자 위에 놓았다.
把書放在桌子上。
눈썹은 눈 위에 있다.
眉毛在眼睛上面。

相關詞彙 윗부분（上部），아래（下）

위험(危險)(하) 名 危險

衍生片語 ～에서 벗어나다（脫離危險），～을 무릅쓰다（冒風險）

常用例句 위험에 직면해서도 두려워하지 않는다.
臨危不亂。
이 곳은 위험 구역입니다.
這裡危險。

相關詞彙 위태（危險狀態）

위험하다(危險-) 形 危險

衍生片語 위험한 때（危險期），위험하기 짝이 없다（非常危險）

常用例句 위험한 사화에서 벗어났다.
脫離險境。
음주 운전은 위험하다.
酒後駕車很危險。

相關詞彙 위태롭다（危急），안전하다（安全）

유명하다(有名-) 形 有名

衍生片語 유명한작가（知名作家），유명한 과학자 （有名的科學家）

常用例句 항주는 서호로 유명하다.
杭州因西湖而聞名。
그는 유명한 화가이다.
他是有名的畫家。

相關詞彙 이름나다（出名），인기있다（受歡迎）

유월(六月) 名 六月

衍生片語 ～의 눈（6月的雪）

常用例句 그는 이미 작년 유월에 사직하였다.
他已經在去年6月辭職了。
수박은 유월 중순에 시장에 출하되기 시작한다.
西瓜在6月中旬開始上市。

相關詞彙 여름（夏天），덥다（熱）

육(六) 數 六

衍生片語 ～개월（6個月），～주년（6周年）

常用例句 삼 더하기 삼은 육이다.
3加3等於6。
육 곱하기 사는 이십사이다.
6乘4等於24。

相關詞彙 여섯（6）

육교(陸橋) 名 天橋，人行天橋，高架橋

衍生片語 ～를 건너다（過天橋），～를 세우다 （建高架橋）

常用例句 아저씨, 저 육교 지나서 내려주세요.
大叔，過了那座天橋請停車。
육교가 세워진 후 이 횡단보도는 봉쇄되었다.
自從過街天橋建成後，這個人行道就封閉了。

相關詞彙 다리（橋）

육십(六十)[-씹] 數 六十

衍生片語 ～년（60年），～세（60歲）

常用例句 아버지는 올해 육십 세이시다.
爸爸今年60歲。
육십 년이 흘렀다.
60年過去了。

相關詞彙 예순（60）

은행(銀行) 名 銀行

衍生片語 ～에 저축하다（在銀行儲蓄），～통장（銀行存摺）

常用例句 그는 은행에서 대출을 받았다.
他從銀行貸款。
그는 은행에서 일한다.
他在銀行工作。

相關詞彙 뱅크（bank，銀行）

음식(飲食) 名 飯菜

衍生片語 ～을 차리다（準備飯菜），～이 입에 맞다（飯菜合口味）

常用例句 그녀가 좋아하는 음식을 준비한다.
準備她喜歡的食物。
우리는 음식을 남기지 않고 다 먹었다.
我們把東西吃得一點不剩。

相關詞彙 먹거리（吃的東西）

음악(音樂)[으막] 名 音樂

衍生片語 ～대학（音樂學院），～을 듣다（聽音樂）

常用例句 어떤 음악을 좋아하세요?
您喜歡什麼樣的音樂？
라디오에서 신나는 음악이 흘러나온다.

從收音機裡傳出令人愉快的音樂。

相關詞彙 피아노（鋼琴），연주（演奏），뮤직（music，音樂）

► 응원하다(應援-) 動 ①支援，聲援 ②助陣，加油

衍生片語 열심히～（狂熱地加油）

常用例句 자기 팀을 열광적으로 응원하였다.
狂熱地爲自己隊加油了。
넌 어느 팀을 응원할 거니?
你要替哪一隊加油？

相關詞彙 응원대（啦啦隊）

► 의사(醫師) 名 大夫，醫生

衍生片語 내과～（內科醫生），담당～（主治醫生）

常用例句 나는 의사가 되고 싶다.
我想當醫生。
환자가 의사의 진찰을 받았다.
患者接受了醫生的檢查。

相關詞彙 닥터（doctor，醫生），간호사（護士），수술도（手術刀）

► 의자(椅子) 名 椅子

衍生片語 ～에 앉다（坐在椅子上），～에서 일어나다（從椅子上站起來）

常用例句 그는 의자에 앉아서 신문을 본다.
他坐在椅子上看報紙。
의자가 푹신해서 앉기에 편하다.
椅子軟軟的，坐起來很舒服。

相關詞彙 걸상（椅子），책상（書桌）

► 이 名 牙齒

衍生片語 ～가 아프다（牙痛），～를 빼다（拔牙）

常用例句 음식물을 먹은 뒤엔 꼭 이를 닦아야 한다.
吃完東西一定要刷牙。
이가 아파서 죽겠다.
牙痛死了。

相關詞彙 치아（牙齒），입（嘴），혀（舌頭）

이 代 這

衍生片語 ～와 같은 모양（像這個樣子），이와 같이（和這個一起；如此）

常用例句 이보다 더 좋을 수는 없다.
沒有比這個更好的了。

相關詞彙 그（那個）

이 冠 這

衍生片語 ～사람（這個人），～색깔（這種顏色）

常用例句 이 사과가 맛있게 생겼다.
這個蘋果看起來很好吃。
이 아이가 네 아들이니?
這孩子是你的兒子嗎？

相關詞彙 그（那）

이(二) 數 二

衍生片語 ～개월（兩個月），～미터（兩公尺）

常用例句 나는 이 학년이다.
我是二年級學生。
우리 반은 키대로 번호를 정해 키가 작은 나는 이 번이 되었다.
我們班上按照個子高矮排號碼，我個子矮，是二號。

相關詞彙 둘（二）

이거 代 這個

常用例句 내가 찾던 것이 바로 이거다.
我一直在找的就是這個。
길에서 이걸 주웠어.
在路上撿到這個。

相關詞彙 그거（那個）

이것[-걷] 代 這個

常用例句 이것은 매우 좋다.
這個很好。
내가 돈을 모으는 것은 바로 이것을 위해서다.
我賺錢就是為了這個。

相關詞彙 그것(那個)

이곳[-꼳] 代 這兒

衍生片語 ～은 학교다(這裡是學校)

常用例句 이곳으로 12시까지 오세요.
12點前到這裡來。
저는 이곳 출신입니다.
我是本地人。

相關詞彙 여기(這裡),그곳(那裡)

이때 名 這時候

衍生片語 바로～(此時此刻),～까지(到這時爲止)

常用例句 이때, 그는 이미 가 버렸다.
這時,他已經走了。
뜻밖에 이때 또 비가 오기 시작했다.
不料到這個時候又開始下起雨來。

相關詞彙 그때(那時候)

이런 冠 這樣的

衍生片語 ～일 저런 일(這樣那樣的事),～모양 (像這個樣子)

常用例句 이런 적이 있습니까?
是否有過這種經歷?
행복이란 이런 거다.
幸福就是這樣的。

相關詞彙 저런(那樣的)

이렇다[-러타] 形 這樣的

衍生片語 이렇게 하다(這樣辦),이런 인간(這種人)

常用例句 어떻게 네가 나에게 이럴 수 있니?
你怎麼能這樣對我?
아버지가 화나신 이유는 이렇다.
爸爸生氣的原因是這樣的。

相關詞彙 저렇다(那樣的)

이름 名 名字

衍生片語 ～을 짓다（取名字），～나다（出名）

常用例句 이름과 나이를 적어 주세요.
請寫下姓名和年齡。
답안지에 이름을 적는다.
把姓名寫在答案紙上。

相關詞彙 성함（姓名）

이번(-番) 名 這次

衍生片語 ～회의（這次會議），～주제（這次的主題）

常用例句 이번에 온 사람은 모두 어떤 사람들이냐?
這次來的都是些什麼人？
이번에 겨우 일을 끝냈다.
這次好不容易才辦妥這件事。

相關詞彙 요번（這次），저번（那次），지난번（上次）

이분 代 這位

常用例句 이분은 우리 중국어 선생님이다.
這位是我們的中文老師。
이분은 내 생명의 은인이다.
這位是我的救命恩人。

相關詞彙 그분（那位）

이십(二十) 數 二十

衍生片語 ～톤（20噸），～킬로그램（20公斤）

常用例句 올해로 내 나이 이십이 되었다.
我今年20了。
오늘 손님 이십 분이 우리 집에 왔다.
今天我家來了20位客人。

相關詞彙 스물（20）

이야기(하) 名 ①故事 ②話

衍生片語 ～를 하다（講故事），～를 나누다（聊天）

常用例句 내 이야기를 좀 들어 보세요.

請聽聽我的故事。
제가 재미있는 이야기 하나 해드릴게요.
我給大家講個有趣的故事吧。

相關詞彙 말（話），이야기（故事），얘기（故事，話）

► 이야기하다 動 ①講故事 ②講話

衍生片語 아야기하고 있다（正在講話）

常用例句 우리들은 오늘 처음으로 이야기했다.
今天是我們頭一回聊天。
그들은 지금 방안에서 이야기하고 있다.
他們現在正在屋裡談話。

相關詞彙 말하다（說），이야기하다（講），얘기하다（講）

► 이월(二月) 名 二月

衍生片語 ～의 매화（2月的梅花）

常用例句 이월이 벌써 지나갔다.
2月已經過去了。
나는 이월을 싫어한다.
我討厭2月。

相關詞彙 삼월（三月）

► 이제 副 ①才，剛才 ②再也，今後

常用例句 꿈에서 이제 깨어난 듯한다.
如夢初醒。
지쳐서 이제 더 이상 걸을 수 없다.
累得再也走不動了。

相關詞彙 지금（現在）

► 이제 名 現在，目前

衍生片語 ～까지（到現在爲止），～부터（從現在開始）

常用例句 이제까지 중국에 몇 번 오셨습니까?
迄今爲止，您來中國幾次了？
이제부터 이야기를 시작하겠습니다.
現在開始講故事。

相關詞彙 지금（現在）

이쪽 代 這邊

衍生片語 ～에 앉다（坐在這邊），～으로 달려오다（向這邊跑來）

常用例句 이쪽으로 와라.
到這邊來。
정의는 이쪽에 있다.
正義在我們這邊。
이쪽이 더 밝아요.
這邊更亮。

이해하다(理解-) 動 理解

衍生片語 이해하게 되다（理解了），이해할 수 없다（無法理解）

常用例句 그의 말은 도무지 이해하기 어렵다.
他的話讓人難以理解。
그 뜻을 이해하지 못하였다.
不解其意。

相關詞彙 깨닫다（明白，懂得），알다（知道）

인사(人士) 名 人士

衍生片語 저명～（知名人士），각계～（各界人士）

常用例句 그는 유명 인사다.
他是個知名人士。

相關詞彙 분（人）

인사(人事) 名 行禮，打招呼，問候

衍生片語 ～를 드리다（請安），～받다（接受問候）

常用例句 할머니께 인사를 드리다.
和老奶奶打招呼。
그는 나를 보자 인사 대신 빙긋 웃었다.
他見到我不打招呼只是笑。

相關詞彙 예의（禮儀），문안（問安），안부（問候）

인사하다(人事-) 動 行禮，打招呼，請安

衍生片語 허리 굽혀～（鞠躬行禮），주인에게～（向主人行禮）

常用例句 아는 이에게는 모두 인사해야 한다.
對熟人都得打招呼。
서로 인사를 하였다.
互相問候了一下。

相關詞彙 문안하다（問候）

► 인천(仁川) 名 仁川

衍生片語 ～공항（仁川機場）

常用例句 어제 그는 인천에 갔다왔다.
昨天他去了一趟仁川。
인천이 내 고향이다.
仁川是我的故鄉。

相關詞彙 인천대학（仁川大學）

► 일 名 事情，工作

衍生片語 열심히～을 하다（努力工作），～을 끝내다（完成工作）

常用例句 일을 하지 않는 자는 먹지도 마라.
不工作的人不准吃飯。
일을 하지 않고 얻어지는 것은 없다.
沒有不勞而獲的事。

相關詞彙 사무（事務），작업（作業），업무（業務）

► 일(一) 數 一

衍生片語 ～월（一月），～개월（一個月）

常用例句 일 개월이 지나갔다.
一個月過去了。
나는 삼국지 제일권을 보았다.
我看了《三國志》第一卷。

相關詞彙 하나（一）

► 일(日) 名 天，日

衍生片語 삼십～동안（30天期間），～평균 온도（日平均溫度）

常用例句 삼 일 동안 계속 비가 내렸다.
連下了3天的雨。

이번 달 25일은 어머니 생신이다.
這個月25日是媽媽的生日。

相關詞彙 날（天），날짜（日子）

일곱 數 七

衍生片語 ～개（7個），～살（7歲）

常用例句 이 방에는 모두 일곱 명이 있다.
這個房間裡一共有7個人。
둘에 다섯을 더하면 일곱이다.
2加5等於7。

相關詞彙 칠（7）

일본(日本) 名 日本

衍生片語 ～에 여행을 가다（去日本旅行），～화폐 （日幣）

常用例句 일본에 유학을 가기로 했다.
決定到日本留學。
일본은 선진국이다.
日本是先進國家。

相關詞彙 부지산（富士山），홋가이도（北海道）

일본어(日本語)[-보너] 名 日語

衍生片語 ～를 배우다（學習日語），～를 전공하다（主修日語）

常用例句 나는 일본어를 공부하기 시작했다.
我開始學習日語了。
그는 일본어를 잘 한다.
他擅長日語。

相關詞彙 일본말（日本語）

일어나다[이러-] 動 ①發生，爆發 ②起床，站起來

衍生片語 전쟁이～（爆發戰爭），사고가～（發生事故）

常用例句 일어나서 약을 먹어라.
起來吃藥吧。
일찍 자고 일찍 일어난다.
早睡早起。

相關詞彙 일어서다（起來），눕다（躺下）

일어서다[이러-] 動 ①站起來　②興旺，興起

衍生片語 자리에서～（從座位上站起來），일어서지 못하다（站不起來）

常用例句 일어서는 사람이 없다.
沒有人站起來。
넘어졌던 사람이 일어서고 있다.
曾摔倒的人正在站起來。

相關詞彙 일어나다（起來），앉다（坐下）

일요일(日曜日)[이료-] 名 星期日

衍生片語 ～아침（星期日的早晨）

常用例句 남편은 일요일에도 회사에 출근했다.
丈夫星期天也去公司上班了。
지난 일요일에 고향에 돌아갔다.
上個星期天我回家鄉了。

相關詞彙 휴일（休息日）

일월(一月)[이뤌] 名 一月

衍生片語 ～폭풍（一月風暴）

常用例句 일월에 날씨가 아주 춥다.
1月份天氣很冷。
작년 일월에 남자 친구를 처음 만났다.
去年1月份和我男朋友初次相識。

相關詞彙 정월（正月）

일주일(一周日) 名 一週

衍生片語 ～이 걸리다（需要一週），～이 지나가다 （一週過去）

常用例句 주문한 물건이 일주일 늦게 도착했다.
訂購的東西晚了一週才到。
이번 주는 올해 가장 바쁜 일주일이 될 거야.
這一週可能會成爲今年最忙的一週。

相關詞彙 일주간（一週），한 주일（一週）

- **일찍** 副 ①早　②曾經，過去

衍生片語　～일어나다（早起），～자다（早睡）

常用例句　병이 나면 일찍 치료해야 한다.
生了病要及早治療。
하기로 결정했으면 일찍 해라.
決定要做的事就要趁早做。

相關詞彙　일찍이（早早地），빨리（快快地）

- **일하다** 動 工作

衍生片語　일하고 휴식하다（工作後休息），일하러 가다（去工作）

常用例句　너(는) 지금 어디에서 일해?
你現在在哪裡工作？
그는 우체국에서 30년 간 일했다.
他在郵局工作了30年。

相關詞彙　근무하다（工作）

- **일흔** 數 七十

衍生片語　～살（70歲），～가지（70種）

常用例句　우리 할아버지는 연세가 일흔이시다.
我爺爺70歲高齡了。
나이가 이미 일흔 살이 넘었다.
已年過七旬。

相關詞彙　칠십（70）

- **읽다[익따]** 動 讀，念

衍生片語　소설을～（看小說），잡지를～（閱讀雜誌）

常用例句　그는 매일 아침 중국어 신문을 읽는다.
他每天早上看中文報紙。
어린이들이 만화책을 읽고 있다.
小朋友正在看漫畫書。

相關詞彙　독서하다（讀書），보다（看）

- **잃다[일타]** 動 ①丟失　②失去　③迷失

衍生片語　지갑을 잃어버리다（丟了錢包），길을～（迷路）

常用例句 그는 도서 대출증을 잃어버렸다.
他的借書證丟了。
길을 가는데 방향을 잃었다.
走路迷失了方向。

相關詞彙 분실하다（丟失）

► 입 名 嘴

衍生片語 ～을 열다（開口），～이 가볍다（大嘴巴）

常用例句 입을 다물고 말을 하지 않는다.
閉口無言。
어린아이가 입을 실쭉거리며 울려고 한다.
小孩嘟著嘴要哭。

相關詞彙 주둥이（嘴〈貶稱〉），입술（嘴唇）

► 입다[-따] 動 穿（衣服）

衍生片語 옷을～（穿衣服），유니폼을～（身穿制服）

常用例句 그녀는 원피스를 입고 있다.
她穿著連身裙。
그는 양복으로 갈아 입었다.
他換上了西裝。

相關詞彙 착용하다（穿著），벗다（脫）

► 있다[읻따] 動 有，在

衍生片語 집에～（在家），모임이～（有聚會）

常用例句 방에는 열 명쯤 있다.
屋裡有十幾個人。
내 만년필은 책상 위에 있다.
我的鋼筆在桌子上。

相關詞彙 존재하다（存在），없다（沒有，不在）

► 있다[읻따] 補 表示進行（正在）

衍生片語 새 옷을 입고～（正穿著新衣服），눈으로 덮여～（被雪覆蓋）

常用例句 문이 열려 있다.
門正開著。
벽에 그림 한 폭이 걸려 있다.

牆上掛著一幅畫。

相關詞彙 싶다（想）

잊다[읻따] 動 忘記，忘懷

衍生片語 약속을～（忘記約會），수학 공식을～（忘記數學公式）

常用例句 휴대폰을 집에 잊고 왔다.
把手機忘在家裡。
그는 그 일을 이미 잊었다.
他已經把那件事忘了。

相關詞彙 까먹다（忘掉），망각하다（忘卻），생각나다（想起）

잊어버리다[이저-] 動 忘掉

衍生片語 사실을～（忘記事實），은혜를～（忘記恩惠）

常用例句 이미 이전의 일을 잊어버렸다.
已經忘記了以前的事。
그는 급한 나머지 지갑을 잊어버리고 안 가져왔다.
他太急了，以至於沒帶錢包就來了。

相關詞彙 까먹다（忘記）

잎[입] 名 葉子

衍生片語 나뭇～（樹葉），～을 따다（摘葉子），～이 떨어지다（樹葉落下）

常用例句 여름에 나뭇잎이 무성하다.
夏天樹葉繁盛。
가을에 나뭇잎이 시든다.
秋天樹葉都枯萎了。

相關詞彙 이파리（葉子）

▶ 자다 動 睡覺

衍生片語 편안히～（舒服地睡），잠을～（睡覺）

常用例句 기뻐서 자지 못한다.
高興得睡不著覺。
저녁 몇시쯤 잡니까?
晚上幾點睡覺？

相關詞彙 취침하다（就寢），수면을 취하다（睡眠）

▶ 자동차(自動車) 名 汽車

衍生片語 ～를 운전하다（開車），～번호판（車牌）

常用例句 자동차가 시속 100km 이상으로 달렸다.
汽車以每小時超過100公里的速度奔馳。
길이 좁아서 자동차로는 갈 수가 없다.
因爲路窄所以汽車過不去。

相關詞彙 자가용（私家車）

▶ 자리 名 座位

衍生片語 ～가 없다（沒有位子），～를 바꾸다（換位子）

常用例句 여기 자리 있습니까?
這裡有位子嗎？
자리에 앉아 주십시오.
請入座。

相關詞彙 좌석（座席）

▶ 자장면 名 炸醬麵

衍生片語 ～한 그릇（一碗炸醬麵），～을 먹다（吃炸醬麵）

常用例句 나는 자장면을 가장 좋아한다.
我最喜歡炸醬麵。
그는 자장면을 시켰다.
他點了炸醬麵。

相關詞彙 냉면（涼麵）

▶ 자전거(自轉車) 名 自行車，腳踏車

衍生片語 ～를 타다（騎自行車），경주용～（比賽用自行車）

常用例句 자전거 한 대를 새로 샀다.
我新買了一輛自行車。
집에서 학교까지 자전거로 달리면 5분도 안 걸린다.
騎自行車從家裡到學校不到5分鐘。

相關詞彙 오토바이（摩托車）

자주 副 時常，常常

衍生片語 머리를~감다（經常洗頭），~일어나는 일（經常發生的事）

常用例句 그는 자주 온다.
他經常來。
요즈음 자주 비가 내린다.
最近經常下雨。

相關詞彙 잦게（常常），항상（常常，總是）

작년(昨年)[장-] 名 去年

衍生片語 ~12월（去年12月），~이맘 때（去年此時）

常用例句 올 여름은 작년 여름보다 덥다.
今年夏天比去年夏天熱。
조카는 작년 이맘때에 비해 키가 부쩍 컸다.
跟去年這個時候相比，姪子長大了很多。

相關詞彙 지난해（去年），금년（大）

작다[-따] 形 小

衍生片語 운동장이~（運動場小），몸집이~（身材短小）

常用例句 그는 동생보다 키가 작다.
他比弟弟個子矮。
언니는 발이 유난히 작다.
姐姐的腳格外地小。

相關詞彙 조그마하다（小），크다（大）

잔(盞) 名 杯子，杯

衍生片語 술을 한~따르다（斟一杯酒），술을 두~마시다（喝兩杯酒）

常用例句 주스를 세 잔 시켰다.
點了3杯果汁。
잔에 우유를 따라 마셨다.

把牛奶倒在杯子裡喝掉了。

相關詞彙 컵（杯）

잘 副 ①好好地 ②很，非常 ③清楚

衍生片語 일을~처리하다（把事情處理好），~어울리다（很相配）

常用例句 다들 다시 잘 생각 좀 해 보자.
大家再好好想一想。
안경을 쓰니 글씨가 잘 보인다.
戴上眼鏡，字看得很清楚。

相關詞彙 바르게（正確的）

잘하다 動 ①做得好 ②擅長，善於

衍生片語 말을~（會說話），영어를~（擅長英語）

常用例句 그녀는 노래를 잘한다.
她歌唱得很好。
이집은 생선 요리를 참 잘한다.
這家做的魚很好吃。

相關詞彙 능숙하다（擅長），익숙하다（熟練）

잠 名 睡覺

衍生片語 ~이 많다（睡得多），~을 자다（睡覺）

常用例句 잠에서 깨니, 날이 이미 훤히 밝았다.
一覺醒來，天已經大亮。
어제밤 잠을 이루지 못했다.
昨夜沒睡著覺。

相關詞彙 수면（睡眠），꿈（夢）

잠깐 副 一會兒

衍生片語 ~쉬다（稍事休息），~기다리다（等一下）

常用例句 잠깐 기다려 주세요.
請稍等。
그는 잠깐 멈추었다가 다시 계속해서 말했다.
他頓了一下，又繼續說了下去。

相關詞彙 잠시（暫時），잠시동안（一會兒）

잠깐 名 一會兒

常用例句 잠깐만 기다려 주세요.
請稍等。
잠깐동안 차를 마셨다.
喝了一會兒茶。

잠자다 動 睡覺

衍生片語 곤하게~（沉睡），새근새근~（睡得安詳）

常用例句 옷을 입은 채 잠잔다.
和衣而眠。
그는 죽은 듯이 잠잔다.
他睡得很沉。

相關詞彙 수면을 취하다（睡眠）

잡다[-따] 動 ①抓，握 ②定 ③掌握

衍生片語 손에 손을~（手挽著手），기회를~（抓住機會）

常用例句 어머니는 내 손을 꼭 잡으셨다.
媽媽緊緊抓住了我的手。
동생은 매미를 잡으러 나무에 올라갔다.
弟弟爬到樹上去抓知了。

相關詞彙 붙잡다（抓住），놓다（放下）

잡수시다[-쑤-] 動 吃

衍生片語 진지를~（吃飯的敬語）

常用例句 식사가 변변치 못해도 괜찮으시다면, 모쪼록 잡수시고 가십시오.
您若不嫌飯菜不好，那就吃一點再走吧。
할아버지께서는 진지를 잡수셨다.
爺爺吃過飯了。

相關詞彙 식사하다（用餐）

잡지(雜誌)[-찌] 名 雜誌

衍生片語 ~를 발행하다（發行雜誌），~를 구독하다（訂閱雜誌）

常用例句 나는 잡지(를) 읽는 것을 좋아한다.
我喜歡讀雜誌。
그는 은행에서 차례를 기다리는 동안 잡지를 뒤적였다.

他在銀行排隊時翻了翻雜誌。

相關詞彙 신문（報紙）

장(張) 名 張

衍生片語 종이 세～（三張紙），그림 두～（兩張畫）

常用例句 벽에는 노랗고 퇴색한 사진이 두 장 걸려 있다.
牆上掛了兩張泛黃褪色的照片。
영화표 두장을 샀다.
買了兩張電影票。

相關詞彙 장（場）

장미(薔薇) 名 玫瑰

衍生片語 들～（野薔薇），～한 다발（一束玫瑰）

常用例句 대부분의 여자들은 장미를 좋아한다.
大部分女人都喜歡玫瑰。
그녀는 남자 친구에게서 장미꽃을 선물 받았다.
她從男朋友那裡收到了玫瑰花這份禮物。

相關詞彙 사랑（愛情）

장소(場所) 名 場所

衍生片語 ～를 정하다（決定場所），～를 변경하다（改變場所）

常用例句 회의 장소는 8층 대회의실이다.
開會地點是8樓大會議室。
장소가 결정되면 알려드리겠습니다.
場所定下來後就通知您。

相關詞彙 데（地方）

재미 名 興趣

衍生片語 ～있다（有趣），～가 없다（無趣）

常用例句 탁구를 치는 것은 재미있다.
打乒乓球很有意思。
이 책은 정말 재미있다.
這本書真有趣。

相關詞彙 흥미（興趣），관심（興趣，好感）

재미없다[-업따] 形 無趣，沒意思

衍生片語 재미없는 이야기（沒意思的故事），재미없는 영화（沒意思的電影）

常用例句 피아노를 시작한 지 한 달 만에 재미없다며 그만뒀다.
才學了一個月鋼琴就覺得沒意思，放棄了。
이 회사는 일도 재미없고 월급도 적다.
這個公司的工作很無趣薪水又低。

相關詞彙 흥미없다（無趣），재미있다（有趣）

재미있다[-읻따] 形 有趣，有意思

衍生片語 재미있는 이야기（有趣的故事），재미있는 소설（有趣的小說）

常用例句 이 장난감은 정말 재미있다.
這個玩具真有趣。
이 연극은 보면 볼수록 재미있다.
這齣話劇越看越有意思。

相關詞彙 흥미있다（有趣），재미없다（無趣）

저 代 那

衍生片語 ～들（那些東西）

常用例句 지금 저들이 일하고 있다.
現在他們正在工作。
이도 저도 다 싫다.
這個或那個都不喜歡。

相關詞彙 이（這）

저 代 我

衍生片語 ～희（我們）

常用例句 저 가 볼게요.
我走了。
저만큼 행복한 신부는 없을 거예요.
沒有像我一樣幸福的新娘。
저하고 그 사람은 친구 사이예요.
我和那個人是朋友關係。

相關詞彙 나（我），우리（我們）

저 冠 那

衍生片語 ～기（那裡），～사람（那個人）

常用例句 저 거리에는 항상 사람이 많다.
那條街上人總是很多。
저 산을 넘어야 한다.
必須翻過那座山。

相關詞彙 이（這）

저거 代 那個

衍生片語 이거～（這個那個）

常用例句 내가 그동안 찾던 물건이 바로 저거다.
我這段時間一直在找的就是那個。

相關詞彙 저것（那個），이거（這個）

저것[-걷] 代 那個，那個傢伙

衍生片語 이것～（這個那個）

常用例句 저것이 내가 찾던 사전이다.
那是我要找的字典。
저것은 이것보다 조금 튼튼하다.
那個比這個堅固。

相關詞彙 저거（那個）

저곳[-곧] 代 那裡

衍生片語 이곳～（到處）

常用例句 저곳에서는 바나나와 사과가 생산된다.
那裡出產香蕉和蘋果。
나는 막 저곳으로부터 돌아왔다.
我剛從那裡回來。

相關詞彙 이곳（這裡）

저기 代 那裡

衍生片語 여기～（處處）

常用例句 저기가 우리 기숙사이다.

那裡是我們的宿舍。
저기에 있는 사람이 바로 우리 어머니이시다.
在那邊的人就是我媽媽。

相關詞彙 저곳（那裡）

저녁 名 晚上

衍生片語 아침부터~까지（從早到晚），~밥（晚飯）

常用例句 입추가 지나니 저녁에는 제법 선선하다.
過立秋了，晚上確實有點冷。
그가 집으로 돌아온 것은 저녁 무렵이었다.
他回到家已經是晚上了。

相關詞彙 해질녘（日落時），밤（晚上）

저쪽 代 那邊

衍生片語 ~에 가다（去那邊），~으로 달려가다（向那邊跑去）

常用例句 우리 저쪽으로 가서 이야기하자.
我們到那邊談談。

相關詞彙 저편（那邊）

적다[-따] 動 記錄，抄寫

衍生片語 메모를 적다（寫日記），전화번호를~（記電話號碼）

常用例句 전화번호를 적어 놓는다.
記下電話號碼。
답안지에 답을 적어 주세요.
請把答案寫在答案紙上。

相關詞彙 쓰다（寫），기록하다（記錄）

적다[-따] 形 少

衍生片語 임금이~（工資少），나이가~（年輕）

常用例句 물건은 적은 것을 귀하게 여긴다.
物以稀爲貴。
길은 조용하고 사람은 적다.
路靜人稀。

相關詞彙 쥐꼬리만하다（少得像老鼠尾巴一樣）

전(前) 名 前

衍生片語 사흘～（三天前），～남편（前夫）

常用例句 식사 전에는 손을 씻어야 한다.
吃飯之前要洗手。
그는 지금이 전보다 훨씬 좋다.
他如今比以前更好了。

相關詞彙 후（後）

전(前) 冠 全

衍生片語 ～교（全校），～세계 전략（全球戰略），～직원（全體員工）

常用例句 전 마을 사람들이 모두 그를 존경한다.
全村的人都尊敬他。
그는 전교에서 3등 안에 드는 우수한 학생이다.
他是全校前三名的資優生。

相關詞彙 전체（全體），모든（全部）

전화(電話) 名 電話

衍生片語 ～를 걸다（打電話），～를 받다（接電話）

常用例句 그는 전화를 끊었다.
他把電話掛了。
(너에게) 전화 왔다.
有你的電話。

相關詞彙 전화기（電話機）

전화번호(電話番號) 名 電話號碼

衍生片語 ～를 남기다（留下電話號碼），～를 잊다（忘記電話號碼）

常用例句 전화번호가 어떻게 되세요?
電話號碼是多少？
수첩에서 친구 집 전화번호를 찾았다.
從記事本上找到了朋友家的電話號碼。

相關詞彙 비밀번호（密碼）

전화하다(電話-) 動 打電話

衍生片語 회사에～（打電話給公司），친구에게～（打電話給朋友）

常用例句 그는 아내에게 전화하여 만날 장소를 정했다.
他打電話給妻子約好了見面場所。
지금 바로 이 번호로 전화하세요.
現在請立刻打這個電話號碼。

相關詞彙 걸다（掛斷）

점심(點心) 名 午飯

衍生片語 ～을 먹다（吃午飯），～을 굶다（不吃午飯）

常用例句 점심을 라면으로 때웠다.
午餐吃泡麵解決。
점심을 간단하게 먹었다.
簡單地吃了午飯。

相關詞彙 오찬（午餐），아침（早餐），저녁（晚餐）

점심시간(點心時間) 名 午飯時間

衍生片語 ～에（在午餐時間）

常用例句 그는 점심시간을 이용하여 친구를 만났다.
他利用午飯時間見了朋友。
점심시간이 막 끝난 때여서 커피숍은 한산했다.
因爲剛過午餐時間，所以咖啡廳很冷清。

相關詞彙 점심 때（午餐時間）

젓가락[젇까-] 名 筷子

衍生片語 ～으로 밥을 먹다（用筷子吃飯），～을 대다（下筷子）

常用例句 젓가락으로 반찬을 집이 먹는다.
用筷子夾菜吃。
숟가락과 젓가락을 식탁 위에 놓는다.
把湯匙和筷子放在飯桌上。

相關詞彙 수저（勺子和筷子），숟가닥（湯匙）

정류장(停留場)[-뉴-] 名 車站

衍生片語 버스～（公車站），시외버스～（轉運站）

常用例句 정류장에서 버스가 오기를 기다린다.
在車站等公車來。
어머니는 정류장으로 아들을 마중 나갔다.

媽媽到車站去接兒子。

相關詞彙 정류소（停車處），역（站）

► **정말(正-)** 副 眞的

衍生片語 ～나쁘다（眞壞）

常用例句 나는 정말 모른다.
我眞的不知道。
그는 정말 어린애같다.
他的脾氣眞像個孩子。
도와주셔서 정말 감사합니다.
眞心感謝您的幫忙。

相關詞彙 참말（眞心），진짜（眞的）

► **제일(第一)** 名 最，第一

衍生片語 품질이～이다（品質第一），～의 목표（第一目標）

常用例句 상하이는 중국에서 제일의 상업도시이다.
上海是中國第一大商業城市。
감기에 걸렸을 때는 쉬는 게 제일이다.
感冒的時候休息最重要了。

相關詞彙 최고（最高），가장（最）

► **제주도(濟州島)** 名 濟州島

衍生片語 ～여행（濟州島旅行），～로 오는 비행기（來濟州島的飛機）

常用例句 제주도에서 3박 4일을 머물렀다.
我在濟州島停留了四天三夜。
제주도 가는 배표를 두 장 예약했다.
預訂了兩張到濟州島的船票。

相關詞彙 민속촌（民俗村），해녀（海女）

► **조금** 名 一點兒

衍生片語 ～의 틈도 없다（一點兒空都沒有），～밖에 모른다（只知道一點）

常用例句 아직 조금의 희망은 있다.
還有一點希望。
남아 있는 음식이 조금밖에 없다.

所剩的食物只有一點了。

相關詞彙 약간（一些）

► **조금** 副 少量，稍微

衍生片語 ～크다（稍大一點），～만 쉬다（稍微歇一會兒）

常用例句 조금 기다려 주세요.
稍微等一下。
음식에 소금을 조금 넣어 먹어라.
在食物中稍微放點鹽再吃。

相關詞彙 약간（若干），소량（少量）

► **조용하다** 形 ①安靜　②平靜　③斯文，文靜

衍生片語 주위가～（周遭一片安靜），조용한 성격（文靜的性格）

常用例句 이곳은 아주 조용하다.
這地方很安靜。
우리 조용한 곳을 찾아 얘기 좀 하자.
我們找個清靜的地方談談。

相關詞彙 고요하다（安靜），잠잠하다（平靜）

► **졸업(卒業)[조럽]** 名 畢業

衍生片語 ～논문（畢業論文），～장（畢業證書）

常用例句 그는 북경대학 졸업생이다.
他是北京大學的畢業生。

相關詞彙 취직（就業）

► **졸업하다(卒業-)[조러파-]** 動 畢業

衍生片語 중학교를～（國中畢業），졸업한 다음에（畢業後）

常用例句 올해 7월에 그는 대학교를 졸업한다.
他今年7月大學畢業。
그는 학교를 갓 졸업하고 취직했다.
他從學校剛畢業就工作了。

相關詞彙 입학하다（入學）

► **좀** 副 稍微，少量

衍生片語 ～취하다（有點醉），～늦다（有點晚）

常用例句 어머니가 좀 편찮으신 것 같다.
媽媽好像有點不舒服。
물건 값이 좀 비싸다.
物價有點貴。

相關詞彙 조금（一點，稍微）

► **종이** 名 紙

衍生片語 ～를 접다（摺紙），～를 구기다（揉紙）

常用例句 종이는 중국에서 발명되었다.
紙是中國發明的。
음식을 종이에 싸고 있다.
正在用紙包食物。
그녀는 들뜬 마음으로 종이 포장을 뜯었다.
她懷著激動的心情拆開了包裝紙。

相關詞彙 페이퍼（paper，紙）

► **좋다[조타]** 形 ①好，不錯　②高興，愉快

衍生片語 맛이～（味道好），기분이～（心情愉快）

常用例句 값이 싸고 물건이 좋다.
物美價廉。
기분이 좋아서 손뼉을 쳤다.
高興得拍起手來。

相關詞彙 낫다（好），우수하다（優秀），나쁘다（壞）

► **좋아하다[조-]** 形 愛，好，喜

衍生片語 수영을～（喜愛游泳），좋아하고 아끼다（愛惜）

常用例句 나는 영화 보는 것을 좋아한다.
我喜歡看電影。
남을 돕기를 좋아한다.
樂於助人。

相關詞彙 즐기다（喜好），싫어하다（討厭）

► **죄송하다(罪悚-)** 動 抱歉，過意不去

常用例句 오랫동안 기다리게 해서 대단히 죄송합니다.
讓你久等了，很抱歉。
죄송합니다만, 그 책 좀 건네주시겠습니까?

不好意思，可以把那本書遞給我嗎？

相關詞彙 사과하다（道歉），미안하다（對不起）

주(週) 名 週，星期

衍生片語 지난～（上週），다음～（下週）

常用例句 지난 주 집에 갔다 왔다.
上星期我回家了一趟。
이번 주는 더 열심히 일을 해야 한다.
這星期必須更加努力工作。

相關詞彙 주말（週末）

주(週) 名 週，星期（量詞）

衍生片語 2～（2週），3～（3週）

常用例句 한 달은 보통 4주로 되어 있다.
1個月通常有4週。
아직 3주가 남았다.
還有3個星期。

相關詞彙 일주일（一星期）

주다 補 授予，予以

衍生片語 학위를～（授予學位），상장을～（授予獎狀）

常用例句 외국인에게 투표권을 준다.
授予外國人投票權。
우수한 학생에게 상을 준다.
頒獎給優秀學生。

相關詞彙 수여하다（授予），받다（接受）

주다 動 ①給　②下（命令）　③澆（水）

衍生片語 용돈을～（給零用錢），시간을～（給時間），아이에게 용돈을 주다（給小孩零用錢）

常用例句 그는 나에게 책을 한 권 주었다.
他給了我一本書。
그는 나에게 용기와 힘을 주었다.
他給了我勇氣和力量。

相關詞彙 지급하다（支付，結帳）

주말(週末) 名 週末

衍生片語 ～부부（週末夫妻），～드라마（週末電視劇）

常用例句 나는 그의 집에서 주말을 보냈다.
我在他家裡度過了週末。
나는 지난 주말에 아내와 같이 영화를 보았다.
我上週末和妻子一起看了電影。

相關詞彙 월말（月底）

주소(住所) 名 住址

衍生片語 ～를 바꾸다（變更住處），～를 옮기다（遷移住處）

常用例句 아무도 그녀의 주소를 아는 사람이 없다.
沒有人知道她的住址。
이름, 주소, 연락처 등을 적어주십시오.
請寫上姓名、住址和聯絡方式。

相關詞彙 거주지（居住地）

주스(juice) 名 果汁

衍生片語 포도～（葡萄汁），오렌지～（柳橙汁）

常用例句 주스를 한 잔 마신다.
喝一杯柳橙汁。
그녀는 오렌지를 갈아서 주스를 직접 만들었다.
她親手把柳橙榨成了柳橙汁。

相關詞彙 과일즙（果汁）

주인(主人) 名 主人，主人翁

衍生片語 ～과 손님（主人和客人），집～（房子的主人，房東）

常用例句 이 물건은 주인이 없다.
這個東西沒有主人。
어린이들이 장차 나라의 주인이 될 것이다.
孩子們將來會成爲國家的主人。

相關詞彙 여주인（女主人）

죽다 [-따] 動 死

衍生片語 굶어～（餓死），더워 죽겠다（熱死了）

常用例句 어머니가 아끼시던 화초가 죽었다.
媽媽珍愛的花草死了。
전쟁에서 많은 군인이 죽었다.
戰爭中很多軍人都死去了。

相關詞彙 세상을 뜨다（離世），돌아가시다（死），사망하다（死亡）

준비(準備) 名 準備，籌備

衍生片語 출발～를 서두르다（忙著準備動身），시험～를 하다（準備考試）

常用例句 그는 등산을 갈 준비를 하였다.
他做好了爬山的準備。
어머니는 아들의 결혼 준비로 바쁘시다.
媽媽忙著籌備兒子的婚禮。

相關詞彙 마련（準備），대비（應對）

준비하다(準備-) 動 準備

衍生片語 식사를～（準備吃飯），행사를～（籌備一場活動）

常用例句 날씨가 추워졌으니 옷을 준비해야 한다.
天涼了，得準備衣服了。
그는 시험을 철저하게 준비하였다.
他考試準備得很徹底。

相關詞彙 마련하다（準備）

중국(中國) 名 中國

衍生片語 ～과 수교하다（和中國建交），～사람（中國人）

常用例句 중국은 땅덩이가 크다.
中國幅員遼闊。
중국은 인구가 많다.
中國人口眾多。

相關詞彙 차이나（china，中國）

중국어(中國語)[-구거] 名 中文

衍生片語 ～통역（中文口譯），～로 대화하다（用中文對話）

常用例句 통역이 우리의 말을 중국어로 통역해 주었다.
翻譯人員把我們的話翻譯成了中文。

그녀는 중국어를 잘 한다.
她中文說得很好。

相關詞彙 중어（中文）

► 중요하다(重要-) 形 重要

衍生片語 중요한 회의（重要會議），중요한 연설 （重要講話）

常用例句 무슨 중요한 일이 있어?
有什麼要緊的事嗎？
이일은 나에게 아주 중요하다.
這件事對我很重要。
이것은 매우 중요한 자료입니다.
這是很重要的資料。

相關詞彙 대수롭지 않다（不重要）

► 중학교(中學校) 名 國中

衍生片語 ～동창（國中同學），～선생님（國中老師）

常用例句 중학교 선생을 하고 있습니다.
我在國中當老師。
댁의 아이는 중학교 몇 학년입니까?
您的孩子上國中幾年級了？

相關詞彙 고등학교（高中）

► 중학생(中學生) 名 國中生

衍生片語 ～으로서（作爲一名國中生）

常用例句 이 책은 중학생인 내가 읽기에는 너무 어렵다.
這本書對於國中生的我來說，讀起來有點困難。
중학생에게는 상당히 어려운 수학 문제들이다.
這對國中生來說，是一道很有難度的數學題。

相關詞彙 고등학생（高中生），대학생（大學生）

► 즐겁다 [-따] 形 高興，歡喜

衍生片語 즐거운 마음（愉快的心情），즐거운 생활 （愉快的生活）

常用例句 일할 때는 즐겁게 일한다.
工作時就快樂地工作。
요즘 하루하루를 즐겁게 보내고 있어요.

最近，每天都過得很開心。

相關詞彙 기쁘다（高興），반갑다（高興）

지갑(紙匣) 名 錢包

衍生片語 ～을 잃어버리다（遺失錢包），～을 줍다 （撿錢包）

常用例句 나는 지갑에서 돈을 꺼냈다.
我從錢包裡掏了錢。
전철 안에서 지갑을 날치기 당했다.
在地鐵裡錢包被搶了。

相關詞彙 포켓（口袋）

지금(只今) 副 現在

衍生片語 ～은 없다（現在沒有）

常用例句 지금은 비가 멎었다.
現在雨停了。
지금 전화가 통화 중이다.
現在電話占線。

相關詞彙 이제（現在），방금（現在）

지난달 名 上個月

衍生片語 ～의 월급（上個月的薪水）

常用例句 이번 월말 고사 성적이 지난달보다 조금 올랐다.
這次月考成績比上個月稍有進步。
지난달에 집에 전화했어요?
上個月打電話回家裡了嗎？

相關詞彙 전달（上個月），전월（上個月）

지난주(-週) 名 上週

衍生片語 ～의 회의에（在上週的會上）

常用例句 지난주에는 수입이 시원치가 않았었다.
上週的收入不怎麼好。
지난주 금요일에는 영어시험을 보았다.
上週五考了英文。

相關詞彙 전주（上週）

▶ 지내다 動 過（日子）

衍生片語 제사를～（舉行祭祀），여름을～（過夏天）

常用例句 그동안 어떻게 지내셨습니까?
這段時間過得怎麼樣？
나는 이웃과 화목하게 지낸다.
我和鄰居和睦相處。

相關詞彙 살아가다（活下去），보내다（度過）

▶ 지도(地圖) 名 地圖

衍生片語 ～를 제작하다（製作地圖），～를 그리다（畫地圖）

常用例句 지도를 보고 길을 찾았다.
看著地圖找到了路。
어제 중국지도 한 장을 샀다.
昨天買了一張中國地圖。

相關詞彙 약도（簡圖）

▶ 지우개 名 橡皮

衍生片語 칠판～（黑板擦），～가 달린 연필（附橡皮擦的鉛筆）

常用例句 칠판을 지우개로 깨끗이 지워라.
用黑板擦把黑板擦乾淨。
그녀는 지우개로 공책에 써 있는 글씨를 지우고 있다.
她正用橡皮擦擦掉寫在筆記本上的字。

相關詞彙 무지개（彩虹）

▶ 지우다 動 擦

衍生片語 낙서를～（擦掉塗鴉），화장을～（卸妝）

常用例句 마룻바닥에 묻은 얼룩을 걸레로 지웠다.
用抹布擦掉了沾在地板上的污漬。

相關詞彙 치우다（清理）

▶ 지하(地下) 名 地下

衍生片語 ～로 들어가다（進入地下），～2층（地下二層）

常用例句 지하에는 많은 광물이 매장되어 있다.
地下埋藏著豐富的礦產。

차를 지하주차장에 세웠다.
把車停在了地下停車場。

相關詞彙 땅 속（土裡），지하철（地鐵）

지하철(地下鐵) 名 地鐵

衍生片語 ～역（地鐵站），～을 타다（搭地鐵）

常用例句 지하철을 타는 것이 시내버스보다 빠르다.
坐地鐵比坐公車快。
지금은 도로가 막힐 시간이니 지하철을 이용하는 것이 좋겠다.
現在是塞車時間，所以最好搭地鐵。

相關詞彙 전철（地鐵），메트로（metro，地鐵）

질문(質問) 名 詢問，提問

衍生片語 ～에 대답하다（回答提問），～을 받다 （接受提問）

常用例句 이해가 안 되면 질문하세요.
不明白的請提問。
질문이 있으신 분은 발표가 끝난 후에 해 주시기 바랍니다.
有疑問的人希望報告結束後來提問。

相關詞彙 질의（質疑），문의（疑問）

질문하다(質問-) 動 詢問，提問

衍生片語 친구에게～（詢問朋友），질문할 사람 （要提問的人）

常用例句 궁금한 점을 질문하였다.
詢問了有疑問的地方。
문제가 이해되지 않아서 선생님께 질문하기로 했다.
因爲對題目沒辦法理解，所以決定問老師。

相關詞彙 묻다（問），질의하다（質疑）

집 名 ①房屋 ②巢

衍生片語 ～을 짓다（蓋房子），～한 채를 마련하다（準備一間房屋）

常用例句 선생님 집을 찾아갔다.
去老師家了。
우리 집은 다섯 식구이다.
我家有五個人。

相關詞彙 가옥（屋子），주택（住宅）

짜다 形 鹹

衍生片語 김치가～（泡菜很鹹），소금은～（鹽很鹹）

常用例句 요리가 너무 짜다.
菜太鹹了。
짜고 매운 음식을 피해라.
忌食又鹹又辣的食物。

相關詞彙 짭짤하다（鹹）

짧다 [짤따] 形 短

衍生片語 짧은 다리（短腿），짧은 기간（短期）

常用例句 이곳 여름은 밤이 짧고 낮이 길다.
這個地方夏季夜短晝長。
그는 혀가 짧아 발음이 부정확하다.
他舌頭短，發音不準。

相關詞彙 길다（長）

쪽 名 邊

衍生片語 앞～（前邊），동～（東邊）

常用例句 화북(華北) 쪽에는 벌써 큰 눈이 내렸다.
華北那邊已經下大雪了。
이쪽으로 앉으세요.
請坐這邊。

相關詞彙 편（邊）

찌개 名 湯，鍋

衍生片語 ～를 끓이다（煮湯），～를 데우다（熱湯）

常用例句 찌개 국물이 너무 적다.
燉菜的湯很少。
오늘은 두부찌개를 먹었다.
今天吃了豆腐鍋。

相關詞彙 국물（湯水）

찍다 [-따] 動 蓋（章）

衍生片語 지장을～（蓋手印），도장을～（蓋章）

常用例句 주민등록증에 지문을 찍는다.
在居民登記證上蓋手印。
서류에 도장을 찍는다.
在文件上蓋章。

相關詞彙 박다（蓋，印），날인하다（蓋章）

차(茶) 名 茶

衍生片語 ～를 우리다（沏茶），～를 마시다（喝茶）

常用例句 차나 한 잔 하러 갈까?
去喝杯茶怎麼樣？
그녀는 손님에게 대접할 차를 내왔다.
她拿出了招待客人的茶。

相關詞彙 다기（茶器），다도（茶道）

차(車) 名 車

衍生片語 ～를 세우다（停車），～를 타다（乘車）

常用例句 오는 길에 차가 고장이 나서 늦었습니다.
因爲在來的路上車子故障了，所以遲到了。
정거장에서 차가 떠나는 소리가 들린다.
停車場上傳來了車子發動離開的聲音。

相關詞彙 차량（車輛），자동차（汽車），버스（bus，巴士），자가용（私家車）

참 副 眞正

衍生片語 ～기쁘다（眞高興），～재미있다（眞有意思）

常用例句 참 공기가 좋다.
空氣眞好。

相關詞彙 정말（眞的），참말（眞的），진짜（眞的）

창문(窓門) 名 窗户

衍生片語 ～을 열다（開窗户），～을 닫다（關窗户）

常用例句 창문을 닫아 주세요.
請關上窗户。
어제밤에 창문을 연 채 잤다.
昨晚開著窗睡著了。

相關詞彙 문（窗户）

찾다 [찯따] 動 ①尋找，查找　②取

衍生片語 기회를～（找機會），사람을～（找人）

常用例句 그가 사는 곳은 대단히 찾기 어렵다.

他住的地方很難找。
요즘은 일자리를 찾기가 매우 어렵다.
最近找工作很難。

相關詞彙 구하다（求）

► **책(冊)** 名 ①書，書籍　②冊

衍生片語 ～을 펼치다（翻開書），～을 보다（看書）

常用例句 그는 책장에 책을 가지런히 꽂아 놓았다.
他把書整齊地放在書桌上。
항시 손에서 책을 놓지 않는다.
手不釋卷。

相關詞彙 서적（書籍）

► **책상(冊床)[-쌍]** 名 寫字台，書桌

衍生片語 ～앞에 앉다（坐在桌前）

常用例句 나는 대강 책상을 정리하고 사무실을 나왔다.
我大概收拾了一下書桌，就從辦公室裡出來了。
책상 앞에만 붙어 있다고 공부가 잘되는 것은 아니다.
不是一味地坐在書桌前就能把書唸好的。

相關詞彙 공책（筆記本）

► **처음** 名 開頭，第一次

衍生片語 ～부터（從一開始），～으로 사실을 공개하다（從一開始就公開了事實）

常用例句 이 일은 처음부터 잘못되었다.
這件事從一開始就搞錯了。
처음엔 매우 어려웠는데 후에는 쉬워졌다.
開始很難，但後來就變容易了。

相關詞彙 시작（開始），시초（當初），애당초（最初）

► **천(千)** 數 冠 千，一千

衍生片語 ～명이나 되는 사람（一千多人）

常用例句 사과 한 개에 천 원이다.
1個蘋果1000韓圜。

천리 길도 한 걸음부터.
千里之行始於足下。
아이는 백부터 천까지 헤아렸다.
小孩從100數到了1000。

相關詞彙 일천（1000），백（百），천만（1000萬）

► 천천히 副 慢慢地

衍生片語 ～걷다（慢慢地走），차를～몰다（慢慢地開車）

常用例句 묵묵히 듣고 앉았던 어머니가 천천히 말을 꺼냈다.
默默的坐著聽媽媽慢條斯理地開口說了話。
이렇게 천천히 걸어서는 제 시간에 도착할 수가 없다.
如果走這麼慢的話，就不能按時到達了。

相關詞彙 느리게（緩慢的）

► 첫째 [첟-] 冠 第一

衍生片語 ～토요일（第一個週六）

常用例句 이 백화점은 매월 첫째 주 화요일에 쉰다.
這家百貨商店，每月第一週的星期二休息。
10월의 첫째 주가 쉬는 날이다.
10月的第一週是休息的日子。

相關詞彙 제일（第一）

► 청바지(靑-) 名 牛仔褲

衍生片語 ～를 벗다（脱牛仔褲），～를 사다（買牛仔褲）

常用例句 그는 청바지를 즐겨 입는다.
他喜歡穿牛仔褲。
그녀는 청바지를 입고 있다.
她穿著牛仔褲。

相關詞彙 블루진（blue jean，牛仔褲）

► 청소(淸掃) 名 打掃

衍生片語 ～를 끝내다（結束清掃），화장실～（打掃廁所）

常用例句 지금 방 청소 중이야.
現在在打掃房間。
청소를 끝내고 외출했다.

打掃完就出去了。

相關詞彙 깨끗하다（乾淨）

청소하다(清掃-) 動 打掃

衍生片語 교실을～（打掃教室），방을～（打掃房間）

常用例句 집 안을 구석구석 청소했다.
打掃了家裡的每個角落。
일주일에 한번씩 청소한다.
一星期打掃一次。

相關詞彙 치우다（整理），소제하다（打掃）

초대(招待) 名 招待

衍生片語 ～받아 왔다（應邀前來），～에 응하다（接受邀請）

常用例句 초대를 받아서 참으로 기쁩니다.
受到邀請很高興。

相關詞彙 초청（邀請）

초대하다(招待-) 動 招待， 邀請，請客

衍生片語 외국 손님을～（招待外賓），친구를～（招待朋友）

常用例句 이번에 초대한 사람은 약 100명이다.
這次邀請了大約100個人。
초대해 주셔서 감사합니다.
謝謝您的招待。

相關詞彙 초청하다（邀請）

초등학교(初等學校)[-꾜] 名 小學

衍生片語 ～교장（小學校長）

常用例句 옆집에는 초등학교에 다니는 아이가 셋이나 있다.
鄰居家有3個上小學的小孩。
내 여동생은 벌써 초등학교를 졸업했다.
我妹妹已經小學畢業了。

相關詞彙 초등학생（學生）

초콜릿(chocolate)[-릳] 名 巧克力

衍生片語 ～케이크（巧克力蛋糕），～비스켓（巧克力餅乾）

常用例句 초콜릿을 많이 먹으면 살이 찐다.
巧克力吃多了會發胖。
나는 초콜릿 쿠키를 좋아한다.
我喜歡巧克力餅乾。

相關詞彙 케이크（蛋糕）

추다 動 跳（舞）

衍生片語 춤을～（跳舞），어깨춤을～（跳聳肩舞）

常用例句 그 여자와 춤을 한 번 추었다.
和那個女的跳了一次舞。
저와 함께 춤을 추시겠습니까?
能和我跳支舞嗎？

相關詞彙 춤（舞蹈）

축구(蹴球)[-꾸] 名 足球

衍生片語 ～를 하다（踢足球），～팀（足球隊）

常用例句 축구 시합을 관람하였다.
觀看了足球比賽。
운동장에 모여 축구를 한다.
到操場集合踢足球。

相關詞彙 농구（籃球）

축하하다(祝賀-)[추카-] 動 祝賀，恭喜

衍生片語 생일을～（生日快樂），시험 합격을～（祝賀考試及格）

常用例句 졸업을 축하합니다.
恭喜畢業。
댁으로 찾아가 축하를 드리겠습니다.
登門道賀。

相關詞彙 축제（慶典）

출발하다(出發-) 動 出發

衍生片語 서울로～（出發去首爾），서울에서～（從首爾出發）

常用例句 몇 시에 출발하십니까?
你幾時動身？
열차가 서울을 향하여 출발한다.
列車向首爾前進。

相關詞彙 떠나다（離開），도착하다（到達）

춤 名 舞蹈

衍生片語 ～의 스텝（舞步），～을 청하다（邀請跳舞）

常用例句 8시부터 춤을 추기 시작했다.
8點開始跳的舞。
그 아이는 춤에 재능이 있다.
這個孩子有跳舞的才能。
그녀는 춤을 좋아한다.
她喜歡舞蹈。

相關詞彙 무용（舞蹈），무도（舞蹈），댄스（dance，舞蹈）

춤추다 動 跳舞

衍生片語 덩실덩실～（手舞足蹈）

常用例句 음악에 맞추어 춤춘다.
配合著音樂跳舞。
그날 신나게 춤추고 놀았다.
那天興高采烈地跳了舞，玩得很高興。

相關詞彙 댄스홀（舞廳）

춥다 [-따] 形 冷

衍生片語 날씨가～（天氣寒冷），추운 겨울밤（寒冷的冬天夜晚）

常用例句 오늘 옷을 적게 입어 몹시 춥다.
今天衣服穿得少，非常冷。
날이 추우니 따뜻하게 입고 나가거라.
天冷了，穿得暖和點再出去。

相關詞彙 차다（冷），냉냉하다（冷）

취미(趣味) 名 興趣，愛好

衍生片語 ～생활（業餘生活），～를 붙이다（感興趣）

常用例句 나의 취미는 테니스다.

我的愛好就是打網球。
취미가 뭐예오?
有什麼愛好？

相關詞彙 취향（喜好），관심（興趣）

► 층(層) 名 層

衍生片語 5～빌딩（五層大樓），2～（二樓）

常用例句 사무실은 4층에 있다.
辦公室在四樓。
그 건물은 지하 3층에 주차장이 있다.
在那個大廈地下三層有個停車場。

相關詞彙 계층（層）

► 치다 動 打（人），彈（樂器），玩（牌）

衍生片語 피아노를～（彈鋼琴），북을～（擊鼓）

常用例句 주먹으로 얼굴을 친다.
用拳頭打臉。
아무리 잘못해도 아이의 머리는 치지 마라.
即便是錯得再多，也不要打孩子的頭。

相關詞彙 때리다（打），연주하다（演奏）

► 치마 名 裙子

衍生片語 ～를 입다（穿裙子），～를 벗다（脱裙子）

常用例句 어제 친구가 치마를 샀다.
昨天朋友買了裙子。
오늘은 여동생이 짧은 치마를 입었다.
今天妹妹穿了短裙。

相關詞彙 바지（褲子）

► 치약(齒藥) 名 牙膏

衍生片語 ～을 짜다（擠牙膏）

常用例句 칫솔에 치약을 묻혀 이를 닦는다.
把牙膏擠在牙刷上刷牙。
칫솔과 치약 등 세면도구를 챙겨 여행가방에 넣었다.

把牙刷和牙膏等盥洗用品都放在了旅行包裡。

相關詞彙 세수（盥洗），치솔（牙刷）

친구(親舊) 名 朋友

衍生片語 ～를 사귀다（交朋友），～와 다투다（和朋友吵架）

常用例句 우리 동네에는 같이 놀 만한 친구가 없다.
在我們社區沒有能一起玩的朋友。
그는 나의 둘도 없는 친구다.
他是我最好的朋友。

相關詞彙 벗（朋友），동료（同事）

친절하다(親切-) 形 親切，和氣

衍生片語 손님에게 친절하게 대하다（待客熱情），태도가～（態度親切）

常用例句 친절하게 설명해 주셔서 감사하니다.
感謝您耐心地講解。
그는 사람을 아주 친절하게 대한다.
他待人很熱情。

相關詞彙 친근하다（親近）

칠(七) 數 七

衍生片語 ～할（7成），～년（7年）

常用例句 이에 오를 더하면 칠이다.
2加5等於7。
칠에서 오를 빼면 이이다.
7減5等於2。

相關詞彙 일곱（7）

칠십(七十)[-씹] 數 七十

衍生片語 ～명（70名），～살（70歲）

常用例句 한 반의 학생 수가 칠십인 적도 있었다.
一個班的學生人數有超過70人的時候。
전교에서 칠십 등을 하였다.
得了全校第70名。

相關詞彙 일흔（70）

칠월(七月)[치뤌] 名 7月

衍生片語 ～장마（7月的梅雨）

常用例句 칠월이 되자 날씨는 하루가 다르게 무더워져 갔다.
一到7月，天氣就一天天地熱了起來。
나는 음력 칠월에 태어났다.
我是農曆七月出生。

相關詞彙 칠월달（7月）

침대(寢臺) 名 床

衍生片語 일인용～（單人床），～위에 눕다（躺在床上）

常用例句 그는 침대 밑으로 굴러 떨어졌다.
他滾到床底下了。
침대에서 빨리 일어났다.
迅速從床上起來了。

相關詞彙 잠자리（床），이불（被子）

칫솔(齒-) 名 牙刷

衍生片語 ～로 이를 닦다（用牙刷刷牙），～을 바꾸다（換牙刷）

常用例句 어제 새 칫솔을 닦다.
昨天買了新牙刷。
칫솔로 이를 닦는 중이다.
正在用牙刷刷牙。

相關詞彙 치약（牙膏）

카드(card) 名 ①卡片　②賀卡

衍生片語 신용～（信用卡），크리스마스～（聖誕卡片）

常用例句 친구에게 카드를 보낸다.
寄賀卡給朋友。
선생님께 생신 축하카드를 보냈다.
寄生日卡給老師。
생일 카드를 여동생에게 주었다.
給妹妹生日賀卡。

相關詞彙 축하（祝賀）

카메라(camera) 名 ①照相機　②攝影機

衍生片語 디지털～（數位相機），～를 사다（買相機），～의 셔터를 누르다（按照相機的快門）

常用例句 카메라로 사진을 찍었다.
用照相機照相了。
여행을 갈 때마다 카메라를 꼭 챙겨간다.
去旅行的時候一定會帶相機去。

相關詞彙 사진기（照相機）

칼 名 刀

衍生片語 ～을 차다（佩刀），～이 무디다（刀鈍）

常用例句 칼을 숫돌에 갈고 있다.
正在磨刀石上磨刀。
칼로 케이크를 자른다.
用刀切蛋糕。

相關詞彙 검（劍），과도（水果刀）

캐나다(Canada) 名 加拿大

衍生片語 ～국경（加拿大國境）

常用例句 캐나다에서는 영어와 불어가 공용어로 쓰입니까?
在加拿大，英語和法語是官方語言嗎？
캐나다에 가 봤다.
去過加拿大。

相關詞彙 단풍（楓葉）

커피(coffee) 名 咖啡

衍生片語 ～를 타다（泡咖啡），～를 끓이다（煮咖啡）

常用例句 커피를 한 잔 마셨다.
喝了一杯咖啡。
커피 대신 홍차를 마셨다.
沒喝咖啡，喝了紅茶。

相關詞彙 카피숍（coffee shop，咖啡屋），카페（咖啡廳）

컴퓨터(computer) 名 電腦

衍生片語 ～를 켜다（開電腦），～가 다운되다（當機）

常用例句 컴퓨터 한 대를 새로 구입했다.
新買了一台電腦。
컴퓨터가 고장났다.
電腦壞了。

相關詞彙 인터넷（網路）

컵(cup) 名 杯子

衍生片語 맥주 한～（一杯啤酒），물 한～（一杯水）

常用例句 우유를 컵에 따라 마셨다.
把牛奶倒進杯子裡喝了。
그는 주전자의 물을 컵에 가득히 따랐다.
他把茶壺裡的水倒滿了杯子。

相關詞彙 잔（杯）

켜다 動 開（燈）

衍生片語 텔레비전을～（打開電視），전등을～（打開電燈）

常用例句 텔레비전을 켜둔 채 잠이 들었다.
開著電視睡著了。
녹음기를 켜 주세요.
請打開錄音機。

相關詞彙 끄다（關）

코 名 鼻子

衍生片語 ～를 골다（打呼），～로 숨쉬다（用鼻子呼吸）

常用例句 향기가 코를 찌른다.
香味刺鼻。
감기에 걸려서 코가 막히었다.
感冒了，所以鼻子不通。

相關詞彙 이비인후과（耳鼻喉科）

► 콜라(cola) 名 可樂

衍生片語 코카～（可口可樂），펩시～（百事可樂）

常用例句 나는 콜라 한 병을 단숨에 마셨다.
我一口氣喝了一瓶可樂。
콜라 한 잔, 주스 한 잔 주세요.
要一杯可樂、一杯果汁。

相關詞彙 커피（咖啡），녹차（綠茶），주스（果汁）

► 크다 動 長大

衍生片語 아이가～（孩子長大）

常用例句 일 년 안 봤는데, 이 아이가 이렇게 컸네.
這個孩子一年不見，竟長這麼高了。

相關詞彙 자라다（長），작다（小），짧다（短）

► 크다 形 大

衍生片語 키가～（個子高），눈이～（眼睛大）

常用例句 가구가 커서 방에 들어가지 않는다.
家具大所以進不了屋。
키가 머리 반 정도 더 크다.
個子高半頭。

相關詞彙 장대하다（大），작다（小）

► 키 名 個子

衍生片語 ～가 크다（個子高），～가 작다（個子矮）

常用例句 그의 키는 170센티이다.
他身高170公分。
일 년 동안 키가 부쩍 자랐다.
一年裡身高長高了很多。

相關詞彙 신장（身長）

► **타다** 動 ①騎，乘，坐　②滑冰，溜冰

衍生片語 배를～（坐船），스키를～（滑雪）

常用例句 택시를 타고 기차역에 갔다.
搭乘計程車到火車站去。
나는 스키를 타는 것을 좋아한다.
我喜歡滑雪。

相關詞彙 승차하다（乘車），스키（滑雪）

► **태권도 (跆拳道)** 名 跆拳道

衍生片語 ～유단자（跆拳道有段位的人），～초단（跆拳道初段）

常用例句 태권도는 우리나라 국기이다.
跆拳道是我國（韓國）的國術。
태권도가 올림픽 정식 종목으로 채택되었다.
跆拳道被列入奧林匹克的正式項目。

相關詞彙 단수（段數）

► **태어나다** 動 出生

衍生片語 장남으로～（生爲長子），좋은 가문에서～（出身名門）

常用例句 매일 무수한 아기들이 태어난다.
每天都有無數嬰兒出生。
아이가 이미 태어났다.
孩子已經出生了。

相關詞彙 출생하다（出生），죽다（死亡）

► **택시(taxi)** 名 計程車

衍生片語 ～를 타다（搭計程車），～를 잡다（叫計程車）

常用例句 손을 들어 택시를 세웠다.
招手叫來了一輛計程車。
택시를 타고 학교에 갔다.
搭計乘車去了學校 。

相關詞彙 자동차（汽車），승용차（汽車）

► **테니스(tennis)** 名 網球

衍生片語 ～를 치다（打網球），～라켓（網球拍）

常用例句 테니스 대회를 구경했다.
觀看了網球比賽。
친구는 테니스를 잘 친다.
朋友網球打得很好。

相關詞彙 탁구（乒乓球）

테이블(table) 名 桌子

衍生片語 ～하나（一張桌子），～다리（桌腳）

常用例句 테이블 위에는 꽃병이 놓여 있었다.
桌子上擺著花瓶。
테이블에 엎드려 졸고 있다.
正趴在桌子上打盹。

相關詞彙 식탁（餐桌）

텔레비전(television) 名 電視

衍生片語 ～을 보다（看電視），～드라마（電視劇）

常用例句 저녁 먹고 나서 텔레비전을 보았다.
吃完晚飯看了電視。
오늘 텔레비전에서 새 드라마가 방영된다.
今天電視上要播放新連續劇。

相關詞彙 TV（電視）

토요일(土曜日) 名 星期六

衍生片語 ～저녁（星期六晚上）

常用例句 오늘은 토요일이라서 오전 수업밖에 없다.
因爲今天是星期六，所以只有上午有課。
토요일 오전에 친구를 만났다.
星期六上午見了朋友。

相關詞彙 주말（週末）

티브이(TV) 名 電視

衍生片語 ～프로그램（電視節目）

常用例句 나는 한국의 티브이 프로그램을 좋아합니다.
我喜歡韓國的電視節目。

相關詞彙 방송(播放)

► **팀(team)** 名 隊，組

衍生片語 야구～(棒球隊)，축구～(足球隊)，국가대표～(國家隊)

常用例句 출전한 5개 팀은 우열을 가리기 어렵다.
很難分出五個出戰隊伍的優劣。
우리 연구소에서는 팀장 한 명과 팀원 여섯 명이 한 팀을 이룬다.
在我們研究所，由一名組長和六名組員組成一個工作團隊。

相關詞彙 조(組)

파란색(-色) 名 藍色

衍生片語 ～옷（藍色衣服）

常用例句 간판을 파란색으로 덧칠했다.
把牌子染成藍色。
파란색 페인트로 대문을 칠하였다.
把大門漆成了藍色。

相關詞彙 볼루（blue，藍色），하늘（天空）

파티(party) 名 晚會，派對，聚會

衍生片語 생일～（生日晚會），～를 열다（舉辦晚會）

常用例句 파티에 손님을 초대한다.
邀請客人參加晚會。
파티 분위기가 참 좋다.
晚會氣氛很好。

相關詞彙 잔치（宴會）

팔 名 手臂

衍生片語 ～을 굽히다（彎曲手臂），～을 벌리다（張開手臂）

常用例句 두 팔에 천근의 힘이 있다.
兩臂有千斤之力。

相關詞彙 발（腳），다리（腿）

팔(八) 數 八

衍生片語 ～리더（八引），～주（八週），～방미인（八面玲瓏的人）

常用例句 7 더하기 1은 팔이다.
7加1等於8。

相關詞彙 여덟（8）

팔다 動 ①賣，出售　②不集中

衍生片語 차표를～（售車票），가격을 봐서～（待價而沽），정신을～（精神不集中）

常用例句 학생들에게 책을 판다.
賣書給學生。
이건 고가로 팔 수 있다.

這可以賣個高價。

相關詞彙 판매하다（販賣），사다（買）

▶ 팔십(八十)[-씹] 數 八十

衍生片語 ～년（80年），～명（80名）

常用例句 그는 팔십 고령답지 않다.
他並不像80歲高齡。
쌀 팔십 가마를 샀다.
買了80袋米。

相關詞彙 여든（80）

▶ 퍼센트(percent) 名 百分率，百分比

衍生片語 20～인상하다（提高20%），10～증가（增加10%）

常用例句 신청자는 십 퍼센트에 지나지 않았다.
報名人數還沒過10%。
7월분은 작년 동기에 비해 4.6퍼센트 성장했다.
7月份比去年同期增長了4.6個百分點。

相關詞彙 백분율（百分比）

▶ 편지(片紙) 名 信

衍生片語 ～를 쓰다（寫信），～를 부치다（寄信）

常用例句 거기 가서 편지 보내 주십시오!
到那裡之後來封信！
보내신 편지를 잘 받았습니다.
收到了您寄來的信。

相關詞彙 서신（書信），우편（郵票），봉투（信封）

▶ 포도(葡萄) 名 葡萄

衍生片語 ～주（葡萄酒），～주스（葡萄汁）

常用例句 포도는 과일 중의 하나이다.
葡萄是水果的一種。
나는 포도주를 좋아한다.
我喜歡葡萄酒。

相關詞彙 와인（wine，葡萄酒）

표(票) 名 票

衍生片語 기차～（火車票），비행기～（飛機票）

常用例句 기차를 타기 전에 표를 사야 된다.
搭火車前必須買票。

相關詞彙 티켓（ticket，車票）

프랑스(France) 名 法國

衍生片語 ～요리（法國料理）

常用例句 프랑스는 유럽에서 세 번째로 큰 나라이다.
法國是歐洲第三大國。
서울에서 프랑스 파리까지 논스톱 항로를 개설하였다.
開通了從首爾到法國巴黎的直達航線。

相關詞彙 로맨틱하다（浪漫）

피곤하다(疲困-) 形 疲勞，累

衍生片語 몸이～（身體疲倦）

常用例句 며칠 밤을 새우고도 전혀 피곤한 기색이 없다.
盡管熬了幾天幾夜，也沒有一點疲倦的跡象。
몸이 아주 피곤하다.
身體非常疲倦。

相關詞彙 고단하다（疲憊），지치다（筋疲力盡）

피아노(piano) 名 鋼琴

衍生片語 ～를 치다（彈鋼琴），～를 연주하다（演奏鋼琴）

常用例句 5 살부터 피아노 치는 것을 배우기 시작했다.
五歲開始學習彈鋼琴。
토요일 저녁에 피아노 독주회가 있다.
星期六晚上有鋼琴獨奏會。

相關詞彙 바이올린（小提琴）

피우다 動 吸，抽

衍生片語 바람을～（搞婚外情），불을～（生火）

常用例句 담배 한 대 피울 시간조차 없다.

連抽根菸的功夫都沒有。
게으름을 피우지 말고 열심히 일해라.
不要偷懶，要努力工作。

相關詞彙 흡연하다（吸菸）

► 피자(pizza) 名 披薩

衍生片語 ～핫（必勝客）

常用例句 피자는 이탈리아 남부 지방에서 유래한 음식이다.
披薩是產生於義大利南部地方的食物。

相關詞彙 만두（餃子）

► 필요(必要)[피료] 名 必要，需要

衍生片語 ～가 없다（不需要）

常用例句 이미 알고 있으니 다시 말할 필요가 없다.
已經知道了，不需要再說了。
복잡한 수속은 필요없다.
不需要複雜的手續。

相關詞彙 수요（需要）

► 필요하다(必要-)[피료-] 形 必要，需要

衍生片語 필요한 서류（必要的文件），돈이～（需要錢）

常用例句 그곳은 늘 비가 오니 비옷이 필요하다.
那裡經常下雨，雨衣是很必要的。
도움이 필요하시면 언제든지 알려주세요.
如果需要幫忙，請隨時聯絡我。

相關詞彙 요구되다（要求），불필요하다（不需要）

하나 數 一

衍生片語 사과～（一顆蘋果），배～（一個梨）

常用例句 필통에서 펜 하나를 꺼냈다.
從筆筒裡拿出了一枝筆。
학생 하나가 손을 들었다.
一個學生舉起了手。

相關詞彙 일（1）

하나 名 一個

衍生片語 ～뿐이다（只有一個）

常用例句 그들은 어려움이 하나도 두렵지 않다.
他們一點也不怕困難。
우리의 마음이 하나로 뭉친다.
我們萬眾一心。

相關詞彙 한 종류（一類），한가지（一種），조금（一點）

하늘 名 天

衍生片語 ～이 맑다（天空晴朗），～이 푸르다 （天空蔚藍）

常用例句 하늘에 구름 한 점 없다.
天空萬里無雲。
하늘에는 별이 총총 빛나고 있었다.
天空星光閃爍。

相關詞彙 천상（天上），구름（雲）

하다 動 做，辦，作

衍生片語 공부를～（用功），운동을～（做運動）

常用例句 언제까지 다 해야 하나요?오늘까지 다 해야죠.
要求什麼時候全部完成？今天爲止。
넌 내일 무엇을 할 계획이니?
你明天打算做什麼？

相關詞彙 실행하다（實行）

하지만 副 可是

常用例句 그의 행동에는 잘못된 점이 많다. 하지만 그럴 수밖에 없는 이유도

있다.
他的行爲不對的地方很多，但是也有不得不那樣做的理由。

相關詞彙 그러나（但是），그렇지만（但是）

학교(學校)[-꾜] 名 學校

衍生片語 ～에 다니다（去學校），～에 지각하다（上學遲到）

常用例句 아이를 학교에 보낸다.
送孩子上學。
학교를 졸업하고 나서 회사에 들어갔다.
從學校畢業後進了公司。

相關詞彙 학생（學生），선생님（老師）

학년(學年)[항-] 名 年級

衍生片語 이～（二年級），～말（學年末）

常用例句 학창 시절에 그는 나보다 높은 학년이었다.
在學校時，他的年級比我高。
그 아이는 나보다 한 학년 아래이다.
那個小孩比我低一年級。

相關詞彙 동기（同期）

학생(學生)[-쌩] 名 學生

衍生片語 3학년～（三年級學生），우수～（優秀學生）

常用例句 학생 신분에 벗어나는 일은 하지 마라.
不要做有違學生身分的行爲。
나는 학생이 아니다.
我不是學生。

相關詞彙 학교（學校），학창시절（學生時代）

한 冠 ①一　②大約，大概

衍生片語 국～그릇（一碗湯），책～권（一本書）

常用例句 나는 한 달 만에 회사를 그만두었다.
我在公司做了一個月就辭職了。
그들은 모두 한 패다.
他們都是一夥的。

相關詞彙 대략（大略），약（大約）

한강(漢江) 名 漢江

衍生片語 ～철교（漢江鐵橋），～대교（漢江大橋）

常用例句 한강의 수질이 악화되고 있다.
漢江的水質在惡化。
서울은 한강을 중심으로 강남,강북,가동,강서 지역으로 나뉜다.
以漢江爲中心，首爾被分爲江南、江北、江東、江西。

相關詞彙 강남（江南）

한국(韓國) 名 韓國

衍生片語 ～의 지도（韓國地圖），～사람（韓國人）

常用例句 설악산은 한국에서 유명한 산 중 하나이다.
雪嶽山是韓國的名山之一。
그는 한국의 현대사를 연구하고 있다.
他正在研究韓國的現代史。

相關詞彙 코리아（Korea，韓國），대한민국（大韓民國）

한국말(韓國-)[-궁-] 名 韓國話

衍生片語 ～을 배우다（學韓語），～을 가르치다（教韓語）

常用例句 그녀는 한국말을 잘 한다.
她韓語很好。
그는 한국말을 할 줄 모른다.
他不會說韓語。

相關詞彙 한국어（韓國語）

한국어(韓國語)[구거] 名 韓國語

衍生片語 ～가 어렵다（韓國語很難）

常用例句 한국어능력시험에서 좋은 성적을 얻었다.
在韓國語能力測試中取得了好成績。
한국어는 교착어에 속한다.
韓語屬於黏著語。

相關詞彙 한국말（韓國語）

► 한글 名 韓文

衍生片語 ～소설（韓文小說），～강습（韓文講習）

常用例句 그녀는 한글도 읽을 줄 모른다.
她連韓文都不會讀。
드디어 한글을 깨쳤다.
終於弄懂韓文了。

相關詞彙 언문（語文），훈민정음（訓民正音），우리말（國語）

► 한번(-番) 名 一次

衍生片語 ～해 보다（試一次），～먹어 보다（嘗一下）

常用例句 시간 날 때 낚시나 한번 갑시다.
有空我們一起去釣釣魚吧。
제가 일단 한번 해 보겠습니다.
我先試一試。

相關詞彙 한차례（一次）

► 한복(韓服) 名 韓服

衍生片語 ～을 짓다（做韓服），～을 입다（穿韓服）

常用例句 고운 한복을 입고 있다.
穿著漂亮的韓服。
명절 같은 특별한 날에는 한복을 입는다.
在特別的節日裡要穿韓服。

相關詞彙 조선옷（朝鮮服裝）

► 한자(漢字)[-짜] 名 漢字

衍生片語 중국～（中國漢字）

常用例句 한자는 쓰기도 어려운 데다 읽기조차 힘들다.
漢字不僅難寫，而且還很難讀。
그 신문에서는 한자를 한글과 혼용하고 있다.
那個報紙上將漢字和韓文一起混用。

相關詞彙 한문（韓文）

► 할머니 名 奶奶

衍生片語 ～와 할아버지（奶奶和爺爺）

常用例句 할머니는 혼자서 우리 아버지를 키우셨다.
奶奶一個人把爸爸養大。
그는 버스에서 어떤 할머니에게 자리를 양보했다.
他在公車上把座位讓給了一位老奶奶。

相關詞彙 조모（祖母），할멈（奶奶）

할아버지[하라] 名 爺爺

衍生片語 ～의 생신（爺爺的生日）

常用例句 그는 방학 때마다 시골 할아버지 댁에 간다.
他每到放假時就去鄉下爺爺家。
할아버지께서 직접 연을 만들어 주셨다.
爺爺親自給我做了風箏。

相關詞彙 조부（祖父）

함께 副 一起

衍生片語 ～가다（一起走），선생님과～이야기를 나누다（和老師一起聊天）

常用例句 나는 그와 함께 왔다.
我跟他一起來的。
온 가족이 함께 여행을 간다.
全家一起去旅行。

相關詞彙 같이（一起），공동으로（共同）

항상(恒常) 副 常常，經常

衍生片語 ～바쁘다（總是很忙），～열심히 일하다 （一直努力工作）

常用例句 그곳에 가면 항상 할아버지가 생각난다.
去那裡總會想起爺爺。
그녀는 항상 웃는다.
她總是笑著。

相關詞彙 보통（一般），늘（總是），언제나（常常）

해 名 太陽

衍生片語 ～가 지다（日落），～가 뜨다（日升）

常用例句 정오엔 해가 머리 위에 있다.

正午時太陽在頭頂上。
해가 솟고 있다.
太陽正在升起。

相關詞彙 태양（太陽），우주（宇宙）

해 名 年

衍生片語 지난～（去年），올～（今年）

常用例句 한 해를 보냈다.
度過了一年。
이번 해에는 반드시 소원을 이루길 빕니다.
祈求今年一定要實現願望。

相關詞彙 년（年），올해（今年）

핸드폰(hand phone) 名 手機

衍生片語 ～줄（手機吊飾）

常用例句 나는 핸드폰을 잃어버렸다.
我把手機弄丟了。
그는 핸드폰을 집에 두고 왔다.
他把手機忘在家裡了。

相關詞彙 휴대폰（手機），휴대전화（攜帶型電話）

햄버거(hamburger) 名 漢堡包

衍生片語 ～를 좋아하다（喜歡吃漢堡）

常用例句 아침에 가끔 햄버거를 먹는다.
早餐偶爾吃漢堡。
일이 바쁠 때는 가끔 햄버거로 점심을 때운다.
工作忙的時候，偶爾會用漢堡代替午餐。

相關詞彙 맥도날드（麥當勞）

허리 名 腰

衍生片語 ～를 굽히다（彎腰），～를 삐다（扭到腰）

常用例句 허리가 쑤시고 다리가 아프다.
腰酸腿疼。
그는 일어서서 허리를 폈다.

他站起來伸了伸腰。

相關詞彙 복부（腹部）

형(兄) 名 哥哥

衍生片語 ～과 형수（哥哥和嫂嫂）

常用例句 형은 눈이 아버지를 쏙 빼닮았다.
哥哥的眼睛長得像爸爸。
형은 키가 크다.
哥哥個子高。

相關詞彙 형님（哥哥）

호(號) 名 號（量詞）

衍生片語 4동 301～（4樓301號），1～차（1號車）

常用例句 1호차를 타십시오.
請乘坐1號車。
우리집은 5동 807호이다.
我家是5樓807號。

相關詞彙 번（號）

호주(濠洲) 名 澳大利亞，澳洲

衍生片語 ～로 이민가다（移民去澳洲）

常用例句 나는 호주에 가 본 적이 있다.
我去過澳洲。
호주는 선진국이다.
澳洲是先進國家。

相關詞彙 오스트레일리아（澳大利亞）

호텔(hotel) 名 酒店，飯店

衍生片語 ～에 투숙하다（在飯店過夜），～에 머무르다（下榻飯店）

常用例句 우리가 묵게 될 곳은 고급 호텔이었나.
我們住的地方是高級飯店。
이 호텔은 아주 크다.
這家飯店很大。

相關詞彙 체크인（check-in，辦理入住手續），수속을 하다（辦理入住手

續)

혼자 名 獨自，一個人

常用例句 나는 혼자 왔다.
我是自己來的。
나는 혼자 돌아다니는 것을 좋아한다.
我喜歡獨自逛街。

相關詞彙 홀몸（一個人），홀로（獨自）

화(火) 名 脾氣

衍生片語 ～를 내다（發火），～가 나다（生氣）

常用例句 마음속에서 치밀어 오르는 화를 누르지 못하였다.
壓不住心頭漸升的怒火。
먼저 화를 가라앉히고 진정하세요.
您先消消氣，鎮定一點。

相關詞彙 성질（脾氣，個性）

화요일(火曜日) 名 星期二

衍生片語 ～오후（星期二下午）

常用例句 화요일에 만나기로 합시다.
星期二見吧。
그날은 화요일이었다.
那天是星期二。

相關詞彙 월요일（星期一）

화장실(化粧室) 名 洗手間

衍生片語 ～에 가다（去洗手間）

常用例句 배가 아파 잠시 화장실에 다녀오겠습니다.
我肚子疼，去趟洗手間。
화장실을 청소했다.
打掃了洗手間。

相關詞彙 변소（廁所），토일렛（toilet，廁所）

환자(患者) 名 患者

衍生片語 ～를 보살피다（照顧患者），～를 치료하다（治療病患）

常用例句 그는 환자이다.
他是病人。

相關詞彙 병자（患者，病人），의사（醫生），간호사（護士）

회사(會社) 名 公司

衍生片語 ～에 출근하다（到公司上班），～를 경영하다（經營公司）

常用例句 회장은 회사의 경영을 큰아들에게 일임했다.
會長把公司的經營交給長子全權負責了。
오후 5시에 회사에서 퇴근한다.
公司下午5點下班。

相關詞彙 사장（社長），직원（職員）

회의(會議) 名 會議

衍生片語 ～를 시작하다（開始開會），～를 열다 （開會）

常用例句 어제 우리 집에서 가족 회의를 열었다.
昨天我們家開了個家庭會議。
회의가 끝난 후에 집에 들어갔다.
會議結束後就回家去了。

相關詞彙 회합（會合），미팅（meeting，小型會議，會面）

후(後) 名 ①後　②以後

衍生片語 3시～（3點以後）

常用例句 3일 후에 우리는 또 헤어졌다.
3天之後我們又分手了。
며칠 후에 다시 만납시다.
幾天後再見吧。

相關詞彙 뒤（後），전（前）

휴일(休日) 名 假日

衍生片語 오늘은～이다（今天休息）

常用例句 그는 휴일 아침마다 늦잠을 잔다.

他每個假日的早上都睡懶覺。
휴일이라 그런지 공원에 사람들이 많다.
可能是假日的關係，公園裡人很多。

相關詞彙 쉬는 날（休息日），휴무（假日）

휴지(休紙) 名 廢紙，衛生紙

衍生片語 ～조각（廢紙屑），～통（垃圾桶）

常用例句 휴지를 함부로 버리면 못쓴다.
亂扔垃圾是不對的。
화장실에 휴지가 없어요.
廁所沒有衛生紙了。
나는 휴지를 많이 쓰는 편이다.
我衛生紙用得比較多。

相關詞彙 폐지（廢紙），티슈（紙巾）

휴지통(休紙桶) 名 垃圾桶

衍生片語 ～에 버리다（扔到垃圾桶裡）

常用例句 쓰레기로 가득 찬 휴지통을 비운다.
把裝滿垃圾的垃圾桶清掉。
그는 편지를 휴지통에 집어 던졌다.
他把信扔進了垃圾桶。

相關詞彙 쓰레기통（垃圾筒）

흰색(-色)[힌-] 名 白色

衍生片語 ～집봉（白色的屋頂）

常用例句 멀리 흰색으로 페인트칠을 한 집이 보인다.
遠遠地看見漆成白色的房子。
흰색 옷은 쉽게 더러워진다.
白衣服很容易髒。
흰색은 순수함과 깨끗함을 상징한다.
白色象徵著純潔和乾淨。

相關詞彙 하얀 빛깔（白光），백색（白色）

힘 名 力量，力氣

衍生片語 ～이 세다（力氣大），～이 약하다（力氣小）

常用例句 온 힘을 다 썼다.
用盡了所有力氣。
힘만 가지고는 안된다.
只有力氣是不行的。

相關詞彙 국력（國力）

힘들다 形 費勁，吃力

衍生片語 생활이～（生活艱難），힘든 일（笨重的工作）

常用例句 이 산은 올라가면 올라갈수록 더 힘든다.
這座山越往上爬越費力氣。
전부 힘든 작업이다.
全都是吃力的工作。

相關詞彙 고생하다（吃苦），애쓰다（費勁）

- 양다리를 걸치네요. 腳踏兩條船啊。
- 시간이 모든 것을 증명할 수 있어요. 時間會證明一切。
- 허튼 소리야! 胡說八道！
- 뭔지 좀 이상해요. 有點不對勁。
- 그냥 그대로 해봐! 將就一下吧！
- 뭐 대단한 것 아닌데! 有什麼了不起的！
- 말을 안 해도 마음이 통해요. 心有靈犀一點通。
- 일이 손에 안 잡혀요. 什麼事也不想做。
- 마음대로 하세요. 請便。
- 꿈에도 생각 못했어요. 作夢也沒想到。
- 너만 믿는다. 就靠你了。
- 그만해! / (그만) 됐어(요). 夠了；行了。
- 두 사람 완전히 붕어빵이네요. 他們倆真是一個模子刻出來的。
- 꿈도 꾸지 마(요). 休想。
- 원샷! 乾杯！
- 세상에! 天啊！
- 왜 성질 내고 그래요? 你幹什麼發脾氣？
- 화이팅! / 힘 내세요. 加油！
- 지금 당장! 馬上！
- 이럴 줄 알았더라면 처음부터 하지 말지 그랬어요? 早知今日，何必當初？
- 오늘은 예외로 할 수 없어요? 今天能不能破個例？
- 너무 구리다! 臭死了！

한나만 알고 둘은 몰라요.	只知其一，不知其二。
시시콜콜 따지지 말아요.	你別這樣斤斤計較。
당연하지(요). / 당연하죠 / 물론이죠.	當然！
까먹었어(요). / 잊어버렸어(요).	忘了。
내가 팍팍 밀어줄게요.	我會全力支持你的。
틀림없어(요).	沒錯。
진정하세요!	鎮靜！
등잔 밑이 어둡다고요.	燈下黑啊（形容人看不清眼前的問題）。
입 다물어! / 입 닥쳐! (화가 났을때)	閉嘴！（生氣時）
아직도 어린애야?	還當自己是孩子啊？
열 받아(요).	火大。
그렇다는 말이에요.	說的是啊！
우울해(요). / 답답해(요).	鬱悶。
끝났어(요).	結束了。
뭐야!	幹什麼！
겉 다르고 속 드르다고요.	人前一套，人後一套。
꺼져 버려!	滾！
정말 짜증나(요)!	真煩！
시작이 반이라고요.	開始是成功的一半。
누가 아니래!	誰說不是呢！
진짜 생트집을 잡는 일이네.	真是沒事找事。
내가 하고 싶어서 하는 건가?	你以為我想這樣啊？

살짝 질투가 나는데요.	有點嫉妒。
뜻한 대로 이루시길	（祝你）心想事成。
온갖 생각을 다 짜냈어요.	絞盡腦汁。
정말 죽인다. / 정말 끝내준다.	棒呆了。
맥이 풀렸어요. / 풀이 죽었어요.	沒精打采。
누가 그랬어(요)?	是誰做的？／誰說的？
절 속이지 말아요.	別騙我。
깜짝이야.	嚇我一跳。
울상을 하고 있어요.	哭喪著臉。
누이 좋고 매부 좋고.	兩全其美。
많이 나아졌어(요).	好多了。
노 코멘트.	無可奉告。
그만둬요.	別做了。
정말 분위기 깬다!	真掃興！
헛소리 하지마!	別胡說！
너무 째째하게 굴지 마세요.	別太小氣。
시치미 떼지 말아(요).	別裝蒜。
두고 보자.	走著瞧。
어림도 없어(요).	沒門；沒辦法。
정말 재수없어(요).	真倒霉。
망설이지 마(요).	別猶豫。
헛수고했어(요).	白忙了。

- 제가 쏠게(요). / 제가 살게(요). / 제가 낼게(요). 我請客。
- 큰소리 치지 마. / 허풍 떨지 마세요. 少吹牛。
- 영원히 사랑합니다. 愛你直至永遠。
- 어디 이럴 리가 있나. 怎麼能這樣！
- 걱정하지 마세요. 別擔心。
- 조금만 더(요). 再來點。
- 저만 빼고. 除了我（搞什麼活動或出去玩的時候，都不帶我去參加或玩。）
- 귀신이 곡할 노릇이에요. 活見鬼。
- 완전히 엉망이 되었어(요). 糟透了。
- 계속 말해봐(요). 接著說。
- 정말 답답해(요). 真讓人鬱悶！
- 좀 참아라. 忍忍吧。
- 정말 따분해(요). （閒得）好無聊啊。
- 재촉하지 말아(요). 別催了。
- 아이고! 哎呀！
- 눈썰미가 있어(요). 有眼光。
- 주로 집에서 빈둥대요. 在家閒著。
- 긴장하지 말아(요). 別緊張。
- 상관없어(요). 無所謂。
- 먼저 하세요. 您先請。
- 불공평해(요). 不公平。

상관하지 말아(요).	你別管。
불티나게 팔려요.	賣得很好。
얼굴이 주름투성이에요.	滿臉皺紋。
사실대로 말하면...	老實說……
이게 무슨 팔자야?	我這是什麼命啊？
너무 상사인 척하지 마세요.	別擺架子。
당신 그게 문제야.	你就是有這個毛病。
누가 무서워할 줄 알고.	誰怕誰呀。
허탕을 쳤어요.	撲了個空。
우리 더치페이 합시다.	（我們）各付各的吧。
누구한테 원한을 산 건가요?	得罪誰了？
니 차례예(요).	該你了。
조바심 나게 하지 말아요.	別賣關子。
말 속에 뼈가 있어요.	話中帶刺。
나중에.	改天吧。
귀찮게 하지 마세요.	別煩我。
정말 참을만큼 참았어(요).	我受夠了。
정신 좀 차려!	打起精神。
낫 놓고 기역 자도 몰라요.	目不識丁。
식욕이 없어(요). / 입맛이 없어(요).	沒食欲。
뻥이에요.	騙你的。
벼락치기 공부를 해요.	臨時抱佛腳。

죽는 소리를 좀 하지 마세요. 別叫苦了。

너 죽을래? 你想找死啊？

정말 한심하다. 真讓人心寒。

똑바로 들어. 你給我聽好。

절 괴롭히지 말아(요). 別欺負我。

잠을 이루지 못해(요). / 잠이 안와(요). 睡不著。

내 말이 틀림없죠? 我沒說錯吧。

내가 바람 맞았어요. 我被放鴿子了。

제가 한번 해보겠습니다. 我來試試看。

소리 좀 낮추세요. 小點聲。

난 벌써부터 알고 있었어요. 我早就知道了。

개망신. 丟人丟到家了。

호랑이도 제 말하면 온다더니… 說曹操，曹操就到。

차였어(요). 被甩了。

너무 촌스러워(요). 太土了。

말도 마세요. 別提了。

즐거운 쇼핑하세요. 祝你逛街愉快。

그냥 넘어갈 수 없어요. 不能就這麼算了。

정말 웃겨(요). 真好笑。

정말 잘됐어(요). 太好了。

틈 나는 대로… 一有空……

병 주고 약 주냐? 先鞭子後糖果？

- 잔소리하지 마(요). 少囉嗦。
- 이해가 안돼(요). / 이해하지 못하겠어(요). 不明白。
- 하늘이 무너져도 솟아날 구멍이 있어요. 車到山前必有路；船到橋頭自然直。
- 과찬이에(요). 過獎了。
- 다 제 탓입니다. 都怪我。
- 미리 알았기에 망정이지. 幸虧提前知道了。
- 만남이 있으면 이별이 있기 마련이지요. 有相聚就有離別。
- 지겨워 죽겠어(요). / 귀찮아 죽겠어(요). 煩死了。
- 바보같이 굴지 마세요. 別一天到晚傻乎乎的。
- 어쩐지… 怪不得……
- 정말 체면을 깎는단 말이야. 真沒面子。
- 화났어(요). 發火了。
- 자주 놀러오세요. 常來玩。
- 돌려줘(요). 還給我。
- 정말 불쌍해(요). 真可憐。
- 빈대 붙어(요). 吃霸王餐。
- 허튼 소리야. 胡扯！
- 뽐내지 마라! 別神氣了！
- 시작합시다. 開始吧。
- 정말 시시해(요). 真不怎麼樣；真沒趣。
- 천천히 드세요. 請慢用。

- 난 싫증이 났어(요). 厭煩；厭倦。
- 더 이상 참을 수 없어(요). 忍無可忍。
- 확실히 그래(요). 確實如此。
- 정말 죽여(요). 真是絕了。
- 잠깐 들어왔다 가세요. 進來坐坐。
- 말대꾸하지 마세요. 別頂嘴了。
- 정말 입맛이 딱 떨어지네(요). 真倒胃口。
- 새치기하지 마세요. 不要插隊。
- 쪽 팔려(요). 丟死人了。
- 나를 건드리지 마세요. 不要惹我。
- 걸핏하면... 動不動就……
- 무슨 꿍꿍이 수작을 부려(요)? 搞什麼鬼？
- 헛수고하지 마세요. / 괜한 짓하지 마세요. 別瞎忙了。
- 빽을 썼어(요). / 연줄을 사용해...... 走後門。
- 갈피를 잡지 못하겠어(요). / 갈피를 잡을 수가 없어(요). 毫無頭緒。
- 검은 머리가 파뿌리 되도록 사세요. 祝二位白頭偕老。
- 식기 전에 어서 드세요. 快趁熱吃。
- 쓸데 없는 짓이야! 多此一舉！
- 비뚤어지게 생각하지 마세요. / 이상하게 생각하지 마세요. 別想歪了。
- 가시는 길 조심하세요. 一路保重。
- 하나 골라봐(요). 얼른! 快挑一個。
- 널리 양해해 주세요. 多多包涵。

- 어떻게 이럴수가.　豈有此理。
- 그렇다면 어쩔래 !　那又怎麼樣？
- 절대로 잊지 마세요.　可別忘了。
- 내가 상상했던 일이야.　不出我所料！
- 정말 터무니없다!　真荒唐！
- 그때 되면 다시 생각해 보지, 뭐.　到時候再說吧。
- 나중에 얘기합시다.　稍後再談。
- 다 잘 될 거야.　一切都會好的。
- 뒷거래를 해(요).　私下交易。
- 시험을 망쳐(요).　考壞了。
- 그냥 찍어(요).　亂寫一通。
- 배아프다.　嫉妒。
- 바보인 척하지 마세요. / 모르는 척하지 마세요.　別裝糊塗。
- 무슨 말씀을(요).　瞧您說的。
- 누워서 떡먹기.　小菜一碟。
- 걱정이 태산이네(요).　憂心忡忡。
- 감히 어떻게!　你敢！
- 함부로 지껄인 말이야.　瞎掰！
- 쓸데 없는 생각 하지 마.　休想！
- 가만 있어봐(요).　你不要動。
- 왜 소리 지르고 그래(요)?　你吼什麼？
- 그 사람을 멀리 하세요.　離他遠一點。

- 당신이 정말 보고 싶어(요). 我很想你。
- 당신 바가지를 쓴 거예(요). 你上當了。
- 낮말은 새가 듣고 밤말은 쥐가 들어(요). 隔牆有耳。
- 쓸데없이 남의 일에 참견하지 마세요. 少管閒事。
- 고생을 사서해(요). 自討苦吃。
- 고생 끝에 낙이 와(요). 苦盡甘來。
- 난 입맛이 까다롭진 않아(요). 我不挑食。
- 어떻게 된 일입니까? 事情怎麼發生的？
- 선착순이네(요). 先來後到。
- 척 보면 알아(요). 一看便知。
- 정말 친구답군(요)! 夠朋友。
- 하나 사면 덤으로 하나 드립니다. 買一送一。
- 어서 오세요. 歡迎光臨。
- 죽마고우 青梅竹馬。
- 정말 상상할 수가 없어! 簡直難以想像！
- 우린 어떤 사인데. 我們是什麼關係！
- 한심한 놈 ! 讓人心寒的傢伙！
- 난 너한테 미안한 것 없어. 我沒有什麼對不起你的。
- 마침 잘 오셨어(요). 來得正好。
- 모르는 것이 없어(요). 無所不知。
- 이따위 짓을 하지 마세요. 少來這套。
- 난 질렸어(요). 我都膩了。

- 나무랄 데가 없어(요). 無可挑剔。
- 끼어들지 마세요. 不要插手。
- 기분 짱이네(요). 心情不錯。
- 한번 봐줄게(요). 放你一馬。
- 첫눈에 반했어(요). 一見鍾情。
- 아는 척을 해(요). 不懂裝懂。
- 무식한 놈! 無知的傢伙!
- 천만다행이에(요). 謝天謝地。
- 아직도 삐쳐 있어(요)? 還生氣嗎?
- 넌 날 무시하는 거니? 你是在鄙視我嗎?
- 그냥 없던 걸로 칩시다. 就當作沒發生過吧。
- 전 빠질래(요). 我不想去(做)。
- 담배 한대만 빌려줘(요). 借根菸抽。
- 그 사람 얘긴하지도 말아(요). 別提他了。
- 누구에게나 단점이 있어(요). 人無完人。
- 말 안해도 알아(요). 你不說我也知道。
- 주제를 알아야죠. 別不識相。
- 기억이 생생해(요). 記憶猶新。
- 임도(님도) 보고 뽕도 따(요). / 일석이조예(요). 一舉兩得。
- 말을 엄청 안 듣네(요). 很不聽話。
- 빈 손으로 갈 수 없잖아(요). 不能空著手去吧。
- 필름이 완전히 끊겠어(요). 爛醉如泥。

- 한도 끝도 없어(요). 沒完沒了。
- 누가 건드렸어(요)? 誰惹你了？
- 세월이 쏜살같이 빠르군(요). 光陰似箭。
- 다음 세상에서도 꼭 머어미 아들로 태어나겠습니다. 來世也要做媽媽的兒子。
- 어머니… 낳아주셔서 고맙습니다. 媽媽，謝謝您生下我。
- 언젠가는 날 떠난 걸 후회할 날이 있을 것이다. 終有一天你會為離開我而後悔。
- 매일 맑으면 세상은 사막이 된다. 如果每天都是晴天，世界就會變成沙漠。
- 하늘의 별만을 바라보는 사람은, 발 아래의 아름다운 꽃을 느끼지 못한다.
  只顧抬頭仰望星空的人，不會看到腳下絢爛的花朵。
- 과거와 현실을 버리고 미래를 받아들여라.
  放棄一切過去和現實，去擁抱未來吧。
- 신은 인간이 견딜 수 있을 만큼의 고통만 준다.
  神所給予人類的痛苦都是其承受範圍之內的。
- 센 놈이 살아남는 게 아니라 살아남는 놈이 센 놈이야.
  不是說強者就能生存下來，而是生存下來的人都是強者。
- 도와주고 싶지만 정말 능력 밖이야. 愛莫能助。
- 같은 시간, 같은 장소에서 봐! 老地方見！
- 친구끼리 미안한 게 없어. 朋友之間沒有對不起。
- 기억은 기록이 아니라, 해석이다. 記憶不是記錄，而是解釋。
- 여자는 첫사랑을 기억에 남긴다. 女孩子會把初戀留在記憶裡。
- 남자는 첫사랑을 가슴에 남긴다. 男孩子會把初戀留在心中。
- 태양이 바다에 미광을 비추면 나는 너를 생각한다.
  當晨曦染紅了大海時，我想起了你。

- 희미한 달빛이 샘물 위에 떠 있으면 나는 너를 생각한다.
  當月色穿透了流泉時，我想起了你。
- 이별이라는 것은 사랑했던 사람들만의 특권이다.
  離別是那些相愛過的人的特權。
- 천국은 연인끼리 가는 것이다. 天堂是戀人一起去的地方。
- 지옥은 친구랑 가는 것이다. 地獄是朋友一起去的地方。
- 나는 당신에게 영원한 사랑을 약속합니다. 我會許給你一個永恒的愛情。
- 미우나 고우나 함께 살아 숨쉬는 것, 그게 사랑입니다.
  愛也好，恨也好，只要是同呼吸共命運，那就是愛情。
- 사랑은 나누는 것, 함께 하는 것입니다. 愛是分享，是相守在一起。
- 붉은 단풍처럼 사랑해라. 相愛，要像火紅的楓葉那樣。
- 말없는 낙엽처럼 보내야 한다. 分手，要像默默無言的落葉。
- 여자복 많다. 艶福不淺。
- 그 여자 일 처리가 꼼꼼하면서도 시원시원하더라. 她辦事周到又爽快。
- 사랑할 수밖에 없기 때문에 사랑하는 것입니다.
  因為無法不愛你，才愛上了你。
- 넌 내 거야. 你是我的。
- 난 뽀뽀/키스 해도 돼? 我可以吻你嗎？
- 니 냄새가 좋아. 你的味道我很喜歡。
- 넌 나랑 사귈래? 要不要和我交往？
- 수줍음 타지 마. 別害羞。
- 우리 더 생각해 봐야 될 거 같애. 我們好像得再考慮考慮。
- 건강은 제일의 재산이다. 健康和智慧是人生的兩大福分。

- 나는 세계의 시민이다. 我是世界公民。
- 친구와 포도주는 오랜 것이 좋다. 朋友和葡萄酒是越久越好。
- 유능한 사람은 언제나 배우는 사람인 것이다.
  時時刻刻學習的人，就是有能力的人。
- 건강은 제일의 재산이다. 健康是最重要的財產。
- 많이 알기 위해서는 많이 공부해야 한다. 為了多了解，一定要多讀書。
- 착한 아내와 건강은 남자의 가장 훌륭한 재산이다.
  善良的太太和健康，是男人最龐大的財產。
- 친구는 제2의 재산이다. 朋友是第二筆財富。
- 슬픔을 나누면 반으로 되지만, 기쁨을 나누면 배가된다.
  分擔悲哀會減半，分享快樂卻會加倍。
- 말을 많이 한다는 것과 잘 한다는 것은 별개이다. 話多與會講話是兩回事。
- 형제는 하늘이 내려주신 벗이다. 兄弟是上天賜予的好朋友。
- 늘 재산이 없는 이는 늘 마음이 없다. 不去算計的人就沒有心機。
- 다른 사람을 비웃지 말라, 자기의 행복이 영원한 것이라고 누가 장담할 것인가.
  不要嘲笑別人，誰能保證自己能永遠幸福。
- 무엇이든지 풍부하다고 반드시 좋은 것은 아니다. 物以稀為貴。
- 우정은 풀어야지 끊지 말라. 友情之花要細心呵護。
- 행복한 사람이 행복한 세상을 만듭니다. 幸福的人創造幸福的世界。
- 질병은 몸의 고장이 아니라 마음의 고장이다.
  疾病不是身體的故障，而是心理的故障。
- 남의 생활과 비교하지 말고 제 자신의 생활을 즐겨라.
  不要跟別人比較生活，而是要享受自己的生活。
- 자연과 시간과 인내는 3대 의사다. 自然、時間與忍耐是三大醫生。

부모를 공경하는 효행은 쉬우나,부모를 사랑하는 효행은 어렵다.
尊敬父母很容易，但深愛父母卻很困難。

노동은 생활의 꽃이요, 삶의 보람이요, 마음의 기쁨이다.
勞動是生活之花、人生的意義和心靈的快樂。

돈을 물 쓰듯한다. 揮金如土。

바람에 불리는 갈대. 牆頭草，隨風倒。

금강산도 식후경. 民以食為天。

발등에 불이 떨어지다. 迫在眉睫。

筆記

TOPIK

國家圖書館出版品預行編目資料

TOPIK韓語測驗：初級單字／陳艷平，張新杰主編. 一一版. 一一臺北市：文字復興，2012.07

面； 公分. 一一（TOPIK：1）

ISBN 978-957-11-6679-7（平裝）

1.韓語 2.詞彙 3.能力測驗

803.289 101008064

WA10 TOPIK：01

TOPIK韓語測驗～初級單字

發 行 人 — 楊榮川

總 編 輯 — 王翠華

主　　編 — 陳艷平　張新杰

封面設計 — 吳佳臻

原出版者 — 北京大學出版社有限公司

出 版 者 — 文字復興有限公司

地　　址：106台北市大安區和平東路二段339號4樓

電　　話：(02)2705-5066　　傳　　真：(02)2706-6100

網　　址：http://www.wunan.com.tw

電子郵件：wunan@wunan.com.tw

劃撥帳號：19628053

戶　　名：文字復興有限公司

台中市駐區辦公室/台中市中區中山路6號

電　　話：(04)2223-0891　　傳　　真：(04)2223-3549

高雄市駐區辦公室/高雄市新興區中山一路290號

電　　話：(07)2358-702　　傳　　真：(07)2350-236

法律顧問　元貞聯合法律事務所　張澤平律師

出版日期　2012年7月一版一刷

定　　價　新臺幣300元

本書原由北京大學出版社有限公司以書名《韓語詞匯掌中寶　初級》經由原出版者授權本公司在台灣地區出版發行本書繁體字版。

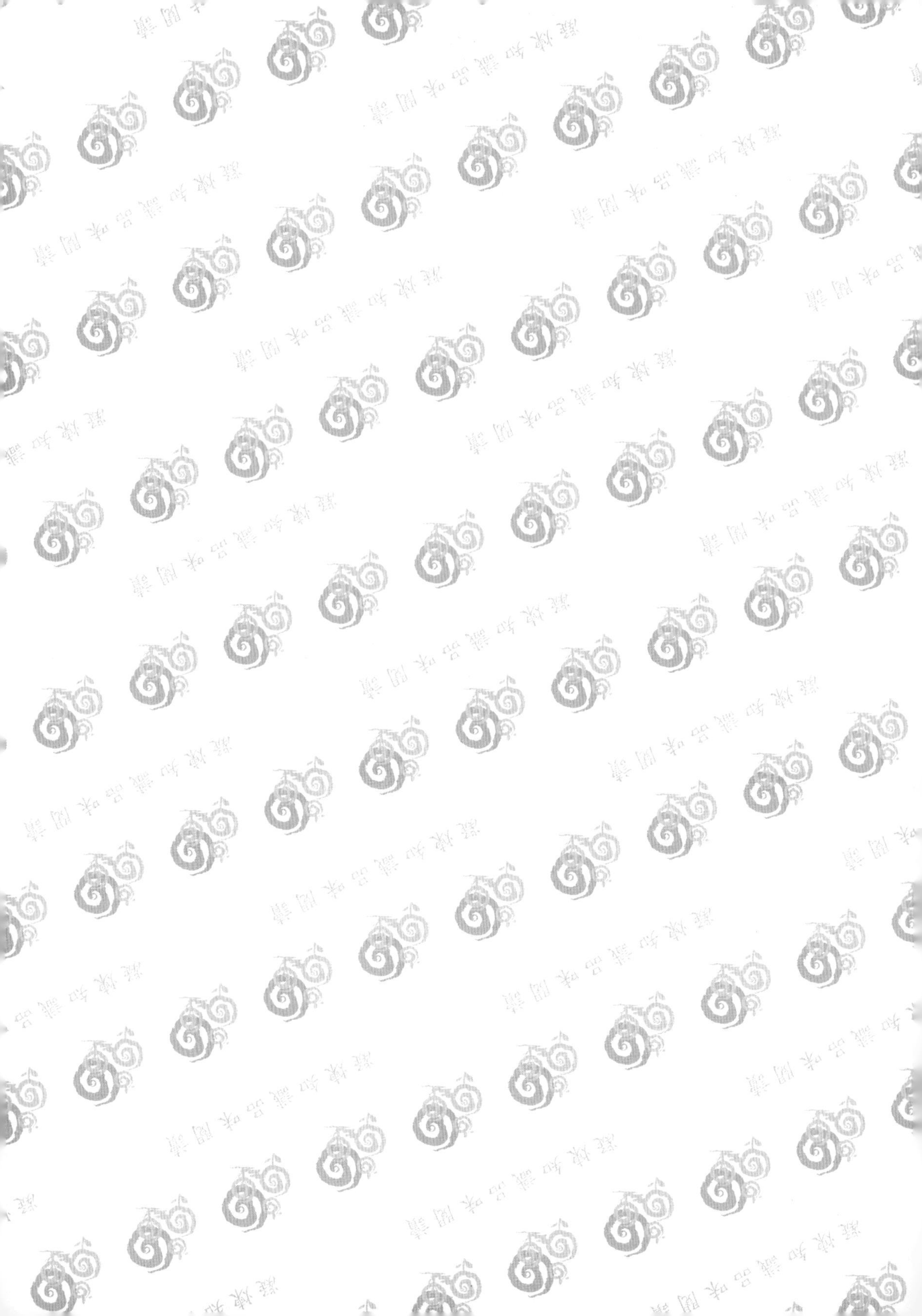